ハヤカワ文庫 SF
〈SF2285〉

宇宙英雄ローダン・シリーズ〈619〉

大気工場の反乱

H・G・エーヴェルス＆アルント・エルマー

シドラ房子訳

早川書房

8525

PERRY RHODAN
REBELLION DER KYBERNETEN
ZENTRUM DES KYBERLANDS
by

H. G. Ewers
Arndt Ellmer

Translated by
Fusako Sidler
First published 2020 in Japan by
HAYAKAWA PUBLISHING, INC.
This book is published in Japan by
arrangement with
PABEL-MOEWIG VERLAG KG
through JAPAN UNI AGENCY, INC., TOKYO.

目次

大気工場の反乱

登場人物

アトラン……………………………………アルコン人。深淵の騎士
テングリ・レトス＝テラクドシャン……ケスドシャン・ドームの守護者。深淵の騎士
ジェン・サリク………………………………テラナー。深淵の騎士
ドモ・ソクラト（ソクラテス）…………ハルト人。アトランのオービター
ボンシン（つむじ風）……………………アバカー。レトスのオービター
クリオ…………………………………………サイリン。サリクのオービター
大駆除者………………………………………駆除部隊のリーダー
トゥルグ………………………………………駆除者
深淵の独居者…………………………………ジャシェムの長老
カグラマス・ヴロト…………………………ジャシェム。重力工場の長
フォルデルグリン・カルト…………………同。大気工場の長
フルジェノス・ラルグ………………………同。温度工場の長
コルヴェンブラク・ナルド…………………同。放射能工場の長
ジャト＝ジャト（ジャト＝イオタ）……サイバネティクス
ホルトの聖櫃…………………………………謎の箱

大気工場の反乱

H・G・エーヴェルス

1

誤りをおかしたことを、ジャト＝ジャトは知った。

女玩具職人がすっかり疲労しているのに、自分のために道具をつくらせたのだ。〝かれ〟にいいところを見せたかったから。それは、すばらしい英雄行為を実行する道具となるはずだった。

ところが、そうならなかった。この道具を自分の上位精神構造で完全にコントロールして、全次元を完璧に移動できるはずだったのに、できあがったのはただのテンポラル装置だった。一時的な時間流しか利用できず、しかも、最初のリアル現在には短時間しか安定していられないという欠点を持つ。

これではたいしたことはできない。

それでも、ジャト＝ジャトは全面的に不満足だったわけではない。テンポラル装置のおかげで、深淵の騎士とそのオービターを手助けして障害物を一時的に回避させられたし、秘密の転送機ステーション二基の作動タイマーをあとからオンにすることで、かれらの命を救えたから。

ところがその後、かれはテンポラル装置もろとも何物かに捕らわれ、ありとあらゆるフェーズの現実時間と仮想時間が絡み合うなかに投げこまれた。そこはあまりにもめちゃくちゃで、位置感覚を永遠に失うのではないかと危惧したほどだ。

真の大冒険といえる旅ののち、かれはふいに納得した。位置感覚とは心的態度の問題にすぎず、自分はこの技術をしだいに向上させていくことになる、と。ところが、そろそろ〝かれ〟が自分を無視するのをやめたかどうか見るため、最初のリアル現在に進路を向けようとしたとき、自分をテンポラル装置とともに現実時間と仮想時間の絡み合うなかに投げこんだものの正体がわかった。しかもそれは、ある展開の副作用にすぎなかった。この展開がこのままつづけば、〝かれ〟をふくむ全テクノトールの存在が終わることになる。

最悪なのは、この展開によって最初のリアル現在にもどる道が遮断されてしまったこと。これでは〝かれ〟にじかに警告できない。唯一の可能性は、〝かれ〟または深淵の騎士一名を、会って警告できる場所におびきよせるという間接的な試みだけだ。

残念ながら、テンポラル装置はそのための最適な道具ではない。クリオが仮死状態で

〝若がえりの泉〟に浸かったあと、完全にもとの能力をとりもどすまで待たなかった自分が腹だたしい。こうなったら即興でなんとかするしかあるまい。うまくいく保証はないが、できるだけのことをするつもりだ。サイバーランドに迫りつつある恐ろしい危険について、手遅れになる前に〝かれ〟と深淵の騎士に警告するために。

もちろん、クリオにも。

いや、だれよりもクリオに警告したい。というのも、ジャト＝ジャトよりもジャト＝イオタのほうが似合うといわれてからというもの、その理由が気になって、玩具職人にたずねたいと心から願っていたから。

その答えには、これまで聞いたことをすべて合わせたよりもっと意味があるだろう、という予感があった。

＊

カグラマス・ヴロトと深淵の騎士のあいだに平和協定が結ばれたことで、ヴァジェンダ行きを妨げるものはもうないと思われた……ところが、その見こみはふいに消えた。

床が一瞬ぐらりと揺れ、修理ホールの壁が音をたてながらどす黒い開口部に変化していく。その奥は、巨大な空洞の蛇さながらに蛇行する一種のトンネルになっていた。そのようすを、アトランは金縛りの状態で凝視した。

〈ジャシェムがふたたび疑念をいだいたぞ！〉論理セクターが伝えてきた。

アルコン人は、三・五メートルの巨軀《きょく》に目を向けた。はじめて会ったときに推測したとおり、その外見は本人が任意に選んだものだ。

カグラマス・ヴロトも、アトランたちと同様に驚いたのは明らかだった。黒い目のなかにある銀色の〝クリスタル〟から、きらめくエネルギーらせんが放射されているように見える。

ボンシンが鼻をくんくんさせ、大きな垂れ耳を揺らした。

「変なにおいがする」

「空気がよどんでいます」クリオの横に立つジェン・サリクがいいそえる。

アトランもにおいを感じた。開口部が生じたときにトンネルから吹きよせた風が、口のなかに金属的な後味をのこす。

ヴロトはサリクのほうを向き、

「あなたたちはやはり時空エンジニアの工作員なのか」と、小声だが威嚇《いかく》的にいった。

「ばかなことを！」ドモ・ソクラトがアトランに向かって不平をいった。「こちらの意図はあくまでも誠実なものだと納得させたところなのに……われわれが時空エンジニアと陰謀をくわだてたと疑うとは」

アトランが答えるより先に、テングリ・レトス＝テラクドシャンが、「言葉は用をなさない」と、いい、蛇行するトンネルをさししめした。「あれはなんだと思う、ソクラテス？」

「次元トンネルだ」ハルト人は、間髪《かんはつ》をいれずに応じた。即座に反応したのは、この現象が生じると同時に計画脳が分析していたからだ。

「あなたたちの時空エンジニアが、これを通ってここにくるつもりなんだろう」ヴロトがいった。

「〝われわれの〟ではないとしても、時空エンジニアが実際に次元トンネルを構築したのかもしれないな」アトランはいったが、思考はべつの方向に進んでいる。「ただし、かれらには利用できないらしい」

「かれらにできないなら、われわれが利用しましょう」サリクは、アルコン人がパスしたボールを受けた。

「そのような犯罪行為は……」ジャシェムがいきりたつ。

「そんなにあわてないで」と、クリオがさえぎった。若がえった玩具職人の声は前にも増して妖艶で、それなのに言葉はエネルギッシュに響く。

ヴロトは、冷水を頭から注《そそ》がれたように冷静さをとりもどした。

「わたしのするべきことは？」敬意をこめてクリオにたずねる。かれの種族はたいてい三人称でおのれをさすのに、一人称を使っている。

「次元トンネルの反対側になにがあるか、チェックすることね」玩具職人が助言した。

「わかった。行ってみよう」と、答えてから、ヴロトは深淵の騎士に目を向けた。「いっしょにくるか？」

「もちろん」アトランとサリクが同時に応じた。

「ふたりとも行くというのは、どうだろうか」レトスが反論すると、

「当然、わたしはわが騎士に同行する」ドモ・ソクラトが霧笛にも劣らない大音声《だいおんじょう》でいった。「とはいっても、次元トンネルは二度と出られない罠ともなりかねないことを考慮してほしい、アトラノス」

「ほんとうに？」と、サリク。

アトランはうなずくと、

「テングリが反論するのももっともだ。ジャシェムに同行するのはわたしひとりで充分だろう」かれはハルト人を見やり、なだめるようにいいそえた。「わたしのためなら地獄をも通りぬけるつもりであることはわかっている、ソクラテス。だが、きみはここにのこるべきだ。ジャシェムとわたしがもどらない場合、きみの計画脳がジェンとテングリにとって大きな助けとなるだろう。重なり合う次元のなかからわれわれを探しだすために、複雑な計算が必要になるから」

「あなたたちを見つけだすためなら、あらゆる宇宙襞《ひだ》のしわを伸ばしてみせるさ」ハルト人は気をよくして請け合った。

「勝手に決めないでくださいよ、チェスの駒でもあるまいに」ジェン・サリクがちゃかす。「もちろんわたしもいっしょに行きます、アトラン」

「それはきみが決めることだが」アルコン人は表情を変えずに応じた。「計画脳と天才のコンビがいたほうが、万一のさいには理想的だと……」

「もうわかりました！」相手の言葉が終わるより先に、テラナーは笑顔でいった。「わたしのためにも、創造の山のことを考えてください！」

〈その山、まさに巨峰だな！〉論理セクターがささやく。

脳内になにかがすばやくかちっと入りこんだ感覚をおぼえ、アトランは探るようにサリクを見た。だが、想像していた反応はない。サリクは問いかけるように眉をあげ、

「なにを考えているんです？」と、たずねてきた。

アトランは昔の記憶を振りはらい、

「なんでもない」と、応じた。長々と説明するにはおよぶまい。「きみのことではないんだ、ジェン」

かれは、サリク、レトス、クリオ、ソクラト、ボンシンに合図すると、すでに開口部の前で待ちかまえるカグラマス・ヴロトに急ぎ足で歩みよった。

*

アトランとジャシェムは、飛翔装置のスイッチを入れずに進んでいく。申し合わせたわけではないが、グラヴォ・パックの五次元エネルギーが次元トンネル内で予測不能な反応を起こしかねないことを、ふたりは知っていた。

徒歩で前進するのはひとえにそのためで、アトランの飛翔装置の故障のせいではない。それは些細《ささい》な損傷で、修理ホールに次元トンネルの入口があらわれたときには、すでにヴロトのサイバネティクスにより修復されていた。

道行きはアトランが危惧したほど困難ではなかった。次元トンネルの内部は曲がりくねる〝空洞の蛇の皮膚〟ではなく、断面が楕円形の固定構造で、壁は煉瓦色のガラス状物質からなるようだ。無色の光源が発する冷ややかな光に照らされている。

「これはなんだろう?」アルコン人は壁に数歩近づいた。「フォーム・エネルギーではあるまい」

「そう。フォーム・エネルギーではありえない」ジャシェムは、通常のテラナーの会話に近い声音《こわね》で応じた。「これがなんなのかは、わたしにもわからない。あなたはおちついている。なぜだ? 暴露されることを恐れてはいないのか?」

〈相手はかまをかけているだけだ!〉論理セクターがささやく。

アトランは笑い、

「このような状況は日常茶飯事《さはんじ》だ」と、説明する。「それに、裏をかくようなことはしていないから、暴露されるのを恐れる必要はない。もちろんこちらの意図をゆがめて解釈されたら元も子もないが、それに対する用意はある。ところで、深淵の地で重力を発生させているのはだれだ？　わたしと友がこの都市で測定したのは、重力の操作に関する技術的機能だけだが」

「そのとおり」ヴロトが応じる。「この都市は、ほかの操作センターである気候工場や大気工場と同じく〝重力工場〟という名を持つが、重力や気候や大気をつくりだしているわけではない。それをしているのは、深淵定数の上に位置する〝ニュートルム〟だ」

アトランは注意深く耳をかたむけ、のちにまたこのテーマをとりあげることにした。いまはべつのことが気になる。

「つまり、深淵の地に居住する種族すべてにとって最高の生活条件となるよう、きみたちがとりはからっているということか。グレイの領主がその仕事を妨害しようとしたことはないのか？」

カグラマス・ヴロトのからだが、心なしか数センチメートル伸びたようだ。

「そのような試みは、もうとっくになくなった」いかにも誇らしげに応じる。「われわれ深淵の技術者は業務を心得ている。だれにもじゃまはさせない」

　完全に予測どおりの答えだが、アルコン人はそのことをおくびにも出さなかった。グレイ領主による妨害の試みに触れたのは、次の質問に対する精神的準備にすぎない。

「そうか、業務をじつによく理解しているんだな」と、ほめる。「だが、グレイの領主はこれまで影響圏をたえず拡張してきた。いずれはジャシェム帝国をもその傘下に入れようとするとは思わないのか？」

「そのような試みは骨折り損というものだろう」ヴロトは軽蔑の口調で応じた。「そのことがわかっているから、グレイ生物もこれまでわが帝国に近よらなかったし、今後も近よらないはず。かれらはそうするしかない。われわれのほうがすぐれた技術を有するというだけでなく、あらゆる攻撃から帝国を守る〝壁〟があるからだ」

〝壁〟という言葉をはっきりと強調している。表記されるときはかならず大文字なのだろうと、アトランは確信した。

「〝壁〟！」同じように強調してくりかえす。「エネルギー・バリアなのか？」

　ヴロトが上から横からアトランを見る。目のクリスタルがあざけりの光を帯びたように思われた。

「ジャシェムの地位に関して知っているにしては、ずいぶんと貧相な予測最終値算出だな」ヴロトは尊大にかまえる。「〝壁〟はもちろんエネルギーだが、ふつうのエネルギー・バリアとの共通点はそれだけだ。五次元と六次元の構造体を持つプシオン性の混合エネルギーで構成され、ジャシェム帝国をほかの深淵の地から一分《いちぶ》の隙もなくへだてている。これを貫通できるものは皆無《かいむ》だ」

皆無というべきではあるまい。どのような防衛兵器にも、それを無力化できる攻撃兵器が存在するのだから。そうした例ならこれまでいくらでも見てきた。だが、それはいわないことにした。〝壁〟がこれまで攻撃をすべてかわしてきたのなら、これからもかわせるかもしれない。

「グレイの領主からうまく隔絶されているのか？」アトランはたずねた。

「〝壁〟をつくったのは、かれらとはまったく関係ない」ジャシェムは、一瞬ためらってからいった。「われわれが〝壁〟を建築したのは、時空エンジニアとの協働が不可能になったのちのこと。あのときわれわれは、創造の山の麓《ふもと》にある光の地平から退去した。〝壁〟はかれらが接触してくるのを防いでいるのだ」

アトランは、いらだちを悟られないように気をつけた。時空エンジニアと深淵の技術者のあいだの不和の原因を知りたくてあれこれ質問したのに、ジャシェムは曖昧《あいまい》な返事しかしない。それがかれをいらいらさせた。

「たんなる誤解から不和になったということもあるのでは？」と、慎重に探りを入れる。

「誤解！」ヴロトの語調は罵倒のように聞こえた。「あの犯罪者たちがそのように見せかけたのかもしれないが、誤解の余地などなにもない。かれらの意図は犯罪的といえるほど明らかだった」

「意図とは？」アトランが微妙な点を突く。

ジャシェムの反応はそれに見合うものだった。いきりたってアトランに向きなおり、心臓が一回拍動するあいだ、襲いかかってくるかに思われた。だが、その怒りに燃える視線に対して、アルコン人は冷ややかな決意で応じる。

ヴロトはいきなり向きを変えると、くぐもった声をあげ、急いで去った。

アトランはぎょっとした。ヴロトが飛翔装置を使っている。怒りのせいで慎重さをすっかり忘れたのだろう。

〈ジャシェムが愚行に出たからといって、まねをするのではなかろうな〉論理セクターが警告してきた。

〈そうではない！〉アルコン人は心のなかで応じる。〈わたしがヴロトのまねをするのは、かれとのコンタクトをとだえさせないためだ〉

ティラン防護服の飛翔装置を思考命令で作動させ、ヴロトのあとを追う。距離はすでに三百メートル以上ある。警報装置の鳴らす警告音を無視して速度をあげた。先を進むジャシェムの周囲は輪郭がぼやけて見える。

あたりが暗くなったとき、危惧していたことのひとつが起こったことがわかった。ただ、どの危惧なのかはわからなかった。

2

アトランは、ティランに一連の思考命令を送った。ふだんは即座に遂行するティランが、今回はすこしも反応しない。それどころか、周囲を明るく照らしだすはずなのに、それすらしないのだ。

なにも見えないし、なにも聞こえない。手を動かしてティランのヘルメットが閉じているかどうかたしかめたかったが、手もいうことをきかない。いや、もはや肉体的に存在していない感じがする。

〈いまもなお存在しているだけではたりないのか？〉論理セクターがあざける。

アトランは、このあざけりを思考のきっかけとして受けとめた。事実、肉体的に存在しないという感覚は、ほんとうに存在しないという意味ではなく、存在することを確認できないだけだ。おそらく、次元トンネルのエネルギー構造と飛翔装置の作動が相互作用を起こし、身体的知覚の不可能な連続体に送りこまれたのだろう。

ささやき声が聞こえたような気がして、かれは全感覚を極度に研《と》ぎすませた。だが、声はやみ、もう聞こえてこない。それでも、錯覚にだまされたわけではないと確信していていた。自分では声を出せない連続体でささやき声を聞いたことに気づき、不条理なおかしさを感じる。何度か声に出して話そうとしても、できなかったのだが。

ふたたびささやき声が聞こえてきて、アトランはびくっとした。声はさっきより大きいが、内容は理解できない。

〈いま、からだをびくっとさせたぞ！〉論理セクターが伝えてきた。

その瞬間、身体的感覚がもどったことに気がついた。ティランがはなつ光に照らされて、瓦礫《がれき》だらけの景色の一部が見える。その上をかれは飛行していた。

いや、上ではない。その〝なか〟を通過している！

どうやら、最初の瞬間に錯覚したらしい。かれは一惑星の表面ではなく、恒星の存在しない漆黒の宇宙を漂うアステロイド群の残骸ブロックのなかを進んでいた。

〈それはありえない！〉論理セクターがささやく。

〈ありえないものはない〉

アトランはそう応じたが、なにか変だと思った。理論的にいうと、次元トンネルはあらゆる場所に通じる可能性を持つ……しかも通常空間や通常時間にかぎらない。だが、カグラマス・ヴロトが〝壁〟についていったことが頭にあった。ほんとうに五次元と六次元の構造体を持つプシオン・エネルギーからなる物質なら、〝壁〟は貫通不可能で、次元トンネルでもかんたんに通過することはできまい。

実際になにが起こったのか、明らかになってきた。

次元トンネルによって〝壁〟のなかに投げこまれたのだ。この構造物の持つプシオン・エネルギーは、完全にほんものと感じられるシーンをつくりだせるらしい。独自の〝自然法則〟にしたがって機能する、いわゆるミニ宇宙を。

アトランは思考命令でティランの通信装置をオンにすると、カグラマス・ヴロトに連絡できる周波を探した。ジャシェムも同じ〝場所〟に投げこまれたことを願う……かれが基本的に自分と同じ行動をとった場合にかぎられるが。ジェンやレトスにはつながらないだろう。ただ、ティラン着用者どうしは広域にわたって相互感知できるので、すくなくともサリクの気分は感じとれるかもしれない。かれらとはほんとうの意味で次元が異なっているのだが。

アトランは安堵した。ティランのシグナルが、ヴロトの通信装置とつながったことをしめしている。

「ジャシェム、聞こえるか？」と、呼びかける。「アトランだ」

「聞こえる！」ヴロトのくぐもった声が聞こえてきた。「すぐ近くにいるようだな。わたしは一アステロイドの残骸の上に立っている。なぜついてきた？　グラヴォ装置を作動すれば、かならず不測の結果が生じることは察せられたはず」

「きみのほうこそ察するべきだった」アルコン人は応じた。「わたしには選択の余地はなかったが、きみにはあったはず。そのおろかさをわたしが理解していなければ、われわれは二度と会えなかったところだ」

相手が答えないので、アトランは皮肉な笑みを浮かべた。ヴロトが侮辱をこらえて無言でいるのは、賢明な行動ではなかったと自覚したしるしだから。

それからまもなく、ジャシェムがななめ下方で、一軒家くらいある残骸ブロックの上に立っているのが目に入った。発見したのは偶然ではなく、命令を受けてヴロトを探知し、そちらにコースを向けたティランのおかげだ。

アルコン人はヴロトの横におりたった。

「すまない」通信装置からかれの声が聞こえてくる。「時空エンジニアの犯罪的計画を思いだすたび、自制できなくなるのだ」

「自制をたもつようつとめてくれ」アトランは強い語調でいう。というのも、任務を遂行できるかどうかは、時空エンジニアを発見するさいにジャシェムの協力があることにかかっているからだ。「きみたちジャシェムが憎悪を抑制しなければ、カタストロフィは避けられまい」

「カタストロフィ？」ヴロトはかっとしていいかえす。「そうなったら時空エンジニアのせいだ！　われわれ、なにがあろうと、あの犯罪者たちのために指一本たりとも動かさない。それに、いったいどの時空エンジニアに協力しろというのか？」

アルコン人が驚いて見た相手の顔に、感情はいっさいあらわれていない。人間の顔に似ているとはいえ、コピイにすぎず、背後にあるのはまったく異質の知性体なのだ。

それでも、ヴロトの最後のコメントから完全に新しい側面があらわれた。時空エンジニアにはふたつ以上のグループがあるということ……そのひとつが、退廃したグレイの領主なのだろう。

時空エンジニアがジャシェムに憎まれるようになった原因はなにか、突きとめることが重要に思われた。だが、ヴロトを激怒させずにどう質問したらいいかと考えているあいだに、異変が起こり、問題は一時的に背景に押しやられた。

アトランとヴロトが立っていた残骸ブロックの下に、地獄の門といえそうな大穴が生じたのだ。そこに残骸ブロックは、急行リフトさながら、落下していく……

＊

「逃げてはいけない！」アルコン人が大声でいった。こうした状況では、逃避にはしるのがふつうだとわかっているからだ。自分のように幾度となく類似の体験を重ねてきて、耐性ができていればべつだが。

「ジャシェムともあろう者は逃げたりしない！」カグラマス・ヴロトが不機嫌にいった。

すこし間があったのは、恐怖の数秒間を乗りこえなければならなかったからだろう。「それに、インディアンは泣かない」アルコン人は冷ややかに応じた。「玉ねぎでもむかないかぎり」

「意味がわからない」と、ヴロト。

「そうだろうな」アトランはいい、残骸ブロックが高速で落下していくそばで燃えあがる壁を見つめた。「きみが冷静でいてくれれば充分だ」

〈ほんとうにそれで充分ならいいが！〉論理セクターが語りかけてきた。〈これは自由落下ではない。残骸は加速しているぞ〉

そのことには、すでに気がついていた。自分の命がたった一本の絹糸でつながれた状況に何度もおちいるのはなぜなのか、と、アトランは恨めしさなしに自問する。平和的に宇宙をめぐるかわりに、はるか昔にだれかがおかした過ちを償うため、命を危険にさらして戦わなければならないとは。

〈コスモクラートの傭兵だな！〉付帯脳があざける。

はげしい怒りがこみあげてきた。正体を明かそうとしない権力や智者の道具として使われるのはもういやだ、と、全精神が抵抗する。

しかし、怒りはこみあげたのと同じくすみやかに消えた。自分はなによりも、おのれの良心があたえる任務のために行動しているのだ。それを再自覚しないなら、自分自身とはいえまい。自分を深淵に送りこんだのはコスモクラートだが、それはどうでもいい。重要なのは、〝トリイクル9〟の帰還を迎える準備ができるよう、深淵の地の状況を仲間とともに正常化することだ。そうしなければ、この宇宙最大のカタストロフィのひとつによって、無数の知性体が滅びてしまうだろう。

落下速度がゆるむのを感じて、安堵の笑みを浮かべた。そばを通りすぎる壁は、いまや陰鬱《いんうつ》な赤い光をはなつにすぎない。

すると、いきなり残骸ブロックが消えて……アトランとヴロトはふたたび次元トンネルのなかにいた。壁は煉瓦色の〝ガラス〟からなり、断面は楕円形で、見たところ最初にいた次元トンネルとまったく変わらない。

「われわれがきたのはどの方向だろう？」ジャシェムが訊き、〝前〟と〝うしろ〟を交互に見た。

「すこし待ってくれ！」

アトランはそう応じ、心の内に耳をかたむけたが、感情コンタクト、思考コンタクトのどちらも得られない。ということは、いまいるのが最初の次元トンネルの内部と視覚的には同一であっても、自分たち自身の連続体ではない可能性を除外できないわけだ。

「あとどれだけ待てばいい？」ヴロトがたずね、

〈かれは恐がっている！〉と、付帯脳がささやきかけてきた。

それについては、ヴロトが方向をたずねたときに気づいていた。サイバネティク補助手段から切りはなされたいま、これまでにないほど無力に感じているのだろう。

「当てずっぽうにどちらかに進んでも意味はない」アトランが説明すると、

「一カ所に突っ立っていてもしかたあるまい」と、ヴロトが応じた。

「忍耐してくれ！」アトランが警告する。「飛翔装置を作動させたために出口のないジレンマにおちいったのに、見たところなんの変哲もない次元トンネルにもどったのだ。その理由はなにか、考えてみるといい！」

「偶然だ！」ヴロトは不機嫌にいった。

「もちろん否定はできないが、わたしはそう思わない」アトランが応じる。「この次元トンネルは自然に発生したのではなく、計画的に構築されたのではないだろうか……そして、これを管理する者がわれわれをジレンマから救った」

「でも、なんのために？」ジャシェムが応じる。「時空エンジニアが、われわれをジャシェム帝国から拉致《らち》しようとしているとでも？」

「〝壁〟を貫通してか？」アルコン人は冷やかすと同時に、ヴロトが自分をもう仇敵《きゅうてき》の共謀者とはみなしていないのをうれしく思った。

「〝壁〟を貫通するわけではない」ヴロトが説明する。「それは不可能だから。だが、時空エンジニアの一工作員が、あなたと仲間がしたようにヴァイタル・エネルギー流に身をゆだね、やはり同様に、わが重力工場の外のアンテナ草原にあるヴァイタル・エネルギー貯蔵庫から吐きだされたのでは？」

「理論的にはありうる」アトランが応じる。「訊こうとしたことを思いだしたんだが、ヴァイタル・エネルギー流をせきとめ、われわれをヴァジェンダではなくジャシェム帝国に実体化させたのは、きみか？」

「そうだ。バリケードを作動停止するのをすっかり忘れていた」と、ヴロト。「いまや、ヴァイタル・エネルギー流に入ってジャシェム帝国の地下を通過するものは、すべてバリケードに捕捉されてアンテナ草原に放出されることになる。だが、本題からそれたようだ」

「では、きみの質問にもどろう！」アトランが応じる。「理論的にはありうるといったが、そうではないと、わたしはかなり確信している。次元トンネルを構築したのがだれであれ、われわれがトンネルに入るようにと配慮したはずだ……ふたたびそこにもどれるようにとも」

「だが、なぜだ？」ジャシェムの声が高まる。

「驚かされることがありそうだぞ！」アトランはいい、一方向をさししめした。

そこでは次元トンネルに変化が生じていた。反対方向と同じく、いましがたまで際限なくまっすぐにのびているように見えたのに……ふいに曲がりはじめ、継続的に変化していく。

〈だれかがなにかを見せようとしている〉論理セクターがささやきかけた。

アトランはからだをびくっとさせた。すでに二度聞いたささやきがふたたび聞こえる。前よりも大きい。だが、その意味はやはり理解できなかった。

疑問を叫びたいという誘惑に負けそうになる。謎の転送機を使ったさいに奇妙な毛皮生物が、なぜ自分にはジャト＝ジャトよりもジャト＝イオタのほうが似合うのかクリオに訊いてほしいともとめたことが、ずっと気になっているのだ。だが、そのあとめまぐるしく起こった出来ごとのせいで、玩具職人と話す時間がなかった。このささやきはおそらく、時間を移動する毛皮生物ジャト＝ジャトからきたものだ。ジャト＝ジャトに質問してみたいが、やめることにした。状況から見て、相手は答えを知るまい。なのに、こちらはそれとなく狙った質問から読みとった答えならどんなものでもよく、それを真実と考えてしまうだろう。

〈では、なぜジャシェムに訊かない？〉論理セクターがささやきかける。〈結局のところ、ジャト＝ジャトを生みだした、もしくは製造したのはヴロトだ。ジャト＝ジャトになにが起こったのか、だれよりもよく知っているはず〉

〈ヴロトはなにも知らない！〉アトランは思考で応じた。〈わたしの問いに答えられるのは、ジャト＝ジャトを廃棄物コンヴァーターから救いだした生物しかいまい〉

ふたたびささやき声が響いた。

カグラマス・ヴロトが不明瞭な音声を発し、アルコン人のからだをつかんで反対方向に向ける。

そこになにかがあらわれた。修理ホール内にあった次元トンネルの出口のように見えるが、はげしく脈動し、その奥には蛇行するトンネルではなく、非常に明るい渦が見える。

「なんだ、あれは？」ヴロトはうろたえている。

アトランにはその正体が察せられたが、はっきりわかったのは、やがて脈動がとまり、明るい渦がどぎついほど多彩な天空の光に変わったときだった。下方には一都市のシルエットが見えている。ヴロトの重力工場かと思うところだ……赤のかわりにグリーンの色調でなかったならば。

＊

アルコン人がヴロトを見ると、目のクリスタルがはなつ鋭い光は弱まっている。

「やめろ！」と、大声で呼びかけた。

ジャシェムは、スクラップを満載した輸送グライダーが横倒しになったような音を発した。からだの輪郭が溶けて、濃紺のモノリスになるかに思われたのもつかのま、安定化してもとの外見にもどった。

「先ほど見えたのは、おそらく次元転輸機《てんてつき》だ」アルコン人は説明する……ただし、ヴロトが興味を持ってると推察したからではなく、かれの思考を現実に引きもどしたいからだ。「いま見えている風景は、それが作用した結果だな。ジャシェムの工場が見えるが、なんの工場かわかるか？」

ヴロトの目はふたたび安定化し、呼吸もおだやかになった。

「フォルデルグリン・カルトの大気工場だ。ただ、周囲が変化して、なんだか危険に見える」

アトランは目を細めた。大気工場上空の多彩色のきらめきは、ヴロトの重力工場上空のそれより強い。どことなく刺すような鋭さを持つ光に、目がくらんだ。

ヴロトのいいたいことが理解できないのは、大気工場の周囲が以前どう見えたのかを知らないからだろう。いまのそれは、テラの塩湖のぎらぎらとした表面を思わせる。だがそのたとえは、ヤシに似た麦藁《むぎわら》色の植物が生え、複葉を地面まで垂らしているようすにはそぐわない。〝ヤシ〟はすべて同じ高さで、二十メートルの等間隔でならんでいる。

アトランが風景を観察していると、〝都市〟辺縁部の建物二棟のあいだからきらきら光る物体があらわれた。都市をはなれ、低空で周辺を浮遊していく。

「カルトの偵察グライダーだ」ヴロトがいった。「なにかおかしい」

「おかしい?」アトランは怪訝《けげん》そうに訊きかえす。「工場周辺に偵察グライダーを飛ばすのは、ジャシェムにとって通常のことではないのか?」

「通常ではない」ヴロトが応じる。「ふつうはサイバネティクスを動員する。偵察グライダーを使うのは、特別なケースにかぎられる」

「たとえば?」アトランが訊く。

「完璧に機能する確信が持てないという理由でサイバネティクスにたよれない場合だ。実際に起こってはならないことだが」ジャシェムが応じた。

「きみの同胞のところでそれが起こったらしいな」アルコン人は考えを口にする。

水滴形グライダーを注意深く観察していたアトランは、額にしわをよせた。グライダーが、ふいに蛇行しはじめたのだ。大気工場からななめにはなれ、最初はアトランとヴロトに向かってくるかに思われたが、すぐにほかの目標があるらしいとわかった。だが、どこに向かっているのか、観察者には判断できない。

アトランは偵察グライダーを目で追いながら、ほかのことに気がついた。スペクトルのあらゆる色に変化する構造物が地面から天まで垂直にそびえている。グライダーの目標はどうやらそれらしい。

それが〝壁〟であることは、すぐにわかった。

天空が鋭い光をはなつ理由も、これで明らか。光の大部分は、多彩な色をなによりも

〝壁〟から受けとっているのだ。

圧倒的な光景に、ほんとうは偵察グライダーを観察するつもりだったことを忘れたほどだった。

「あの上部は深淵定数に達しているんだな？」と、ヴロトにたずねる。

「もちろんだ」ジャシェムが応じた。「でも、わからない。なぜカルトが〝壁〟に向かって飛んでいくんだろう？　なにがあるのか？　ニュートルムで起こっていることには、どのみち影響をあたえられないのに」

アトランは思わず見あげたが、もちろん多彩色の空以外はなにも見えない。その〝上〟になにがあるにせよ、見ることも到達することもできないのだ……いずれにせよ、ヴロトとかれの持つ手段では。

「ほんとうに〝壁〟に沿って飛んでいる！」ヴロトは興奮していった。「あそこでなにかを探しているみたいに」

「工場にもどるべきだ」アトランはいった。大気工場外側の地面が動きはじめ、砂埃《すなぼこり》が舞いあがるのが目にとまったのだ。「どうやら嵐がくるらしい」

「嵐？」ヴロトは腑に落ちないようすでくりかえし、砂埃を凝視した。「ありえない！　サイバーランド内には天気が存在しないんだから」

アルコン人は疑うように笑った。

「天気が存在しない？　だが、木が生えているではないか。つまり、雨が降るということ。雨も、もとをただせば天気の一現象だ」


「いや」ヴロトはかすかな声で応じる。「それは思い違いだ。ジャシェム帝国には植物も動物も存在しないばかりか、豊かな土壌もない。ここにあるものはすべて、あらゆるサイズのサイバーモジュールだ。天気は存在しない。宇宙船内と同じく」

「では、あの砂埃は……？」アトランがたずねる。

「操作されるのを拒むサイバーモジュールの粉塵《ふんじん》だ」ジャシェムは説明し、偵察グライダーをさししめす。「攻撃されるぞ！」

　アトランも同時にそちらを見た。ヴェール状の埃が旋回しはじめ、偵察グライダーに接近していく。グライダーは回避飛行に入ったが、反対側からべつのヴェール状サイバーモジュールが近づき……さらに多数のヴェールが形成されていく。

「なぜこんなことが可能なんだ？」アルコン人はヴロトのほうを向いた。

　ジャシェムの姿は見えなくなっていた。いやな予感がしてアトランが上を向くと……かれの姿が見えた。フォルデルグリン・カルトの大気工場がある先の、次元トンネル開口部に向かって浮遊していく。

「だめだ！」アトランがヘルメット・テレカム経由で声を張りあげた。「飛翔装置をとめろ！」

ヴロトは聞き入れない。同胞カルトの命を危惧するあまり、あらゆる配慮を忘れたのだろう。

アトランはヴロトと同じことをするべきかと考えたが、今回はリスクをおかさない。とはいえ、同行者の安全がことさら案じられた。というのも、サイバーモジュールの反乱は大気工場周辺にかぎらず、サイバーランド全体にひろがるかもしれないと考えたからだ。

それに、次元トンネルの開口部を、こちら側から通常連続体への連絡路として利用できるとは思えなかった。

それを確認はできなかったが、ふいにヴロトが次元トンネル上方にあらわれたとき、認識させられることになる。

思わず息をのんだ。埃からなるヴェールが三つ、ヴロトめがけて進んできたのだ。だが、ヴロトは完全に意識的に行動しているらしい。急降下して地面すれすれの高さに達すると、大気工場に向かってジグザグに急進していく。

偵察グライダーに乗る同胞はヴロトに気づいていないらしく、ふたたび〝壁〟に接近し、それに沿って進んでいく。〝壁〟に面した工場区域に向かい、そこで建物群のなかに潜伏した。

ほとんど同時に、ヴロトも〝都市〟のなかに見えなくなった。

アトランは数秒ためらってから向きを変え、ヴロトとともにきた方向に進みはじめる。いずれにせよ、もときた道であることを願って。そうでなければ二度と同行者を探しだすことはできまい。

3

フォルデルグリン・カルトは、ガスタンクのようなハイパー回路ドームにかこまれた円形広場に偵察グライダーを停止させた。

周囲を見まわす。

からだを回転させたり、向きを変えたりする必要はない。トラバーの姿をとっているからだ。トラバーは、かたちや色がトリュフに似た身長三メートルの生物で、体表全体にびっしりとマルチセンサーがそなわっているため、動かなくても全方向が同時に見える。

追跡者はいないらしい。

カルトはごろごろという音をたてた。不機嫌、動揺、不安、かすかな怒りの表出だ。

大気工場周囲におけるサイバーモジュールの行動は、完全に常軌を逸している。攻撃してきたものもいて、危険に見えた。とはいえ、ほんとうの危険はあるまい。その気になれば、自分はレーザー砲で攻撃者を破壊することもできたはずだから。

かれは思考の翼をひろげ、大気工場のサイバーモジュールおよびサイバネティクスから放出されるインパルスをランダムにチェックした。大部分は正常だが、ほんの一部のインパルス・パターンに乱れがある。機能制御にとり重要なフィードバック・メカニズムに問題が生じたのは、そのためだろう。

カルトは、故障したサイバーモジュールとサイバネティクスすべてに自己分解命令を送った。同時に、整備に特化されたサイバネティクスのグループが、自己分解したユニットを集めて再利用セクションに運ぶ命令を受けとる。

カルトはむなしく待ったが、故障したユニットが命令を遂行することはない。しばらくすると、整備サイバネティクスのグループが、自己分解したユニットはどこにも転がっていないと報告した。

そこでかれは、整備サイバネティクスのあらたなグループを動員し、インパルス・パターンが正常ではないユニットを強制的に解体・処分せよと命じた。ところが、命令は確認されたものの、遂行するさいに困難が生じた。通信周波と探知周波がふいに大きく乱れたため、インパルス・パターンをチェックするのが不可能になったのだ。

このときはじめて、かれの心に懸念が生じた。大気工場外側の状況は、そうかんたんに収拾がつかないかもしれない、と。

カルトは偵察グライダーを再発進させ、大気工場半分と周辺地域の一部が見える高さまで上昇した。

そこから見た光景により、懸念はさらに強まる。

大気工場の外側はすっかり一変していた。マイクロモジュールからなる地面が休みなく動いていて、構造をたえず変化させようとしているようにも見える。深淵震が起こったさい、広大なフォーム・エネルギー湖の表面が同じく波打つように動いていたのを、カルトは思いだした。

ただし、重要な相違がひとつあった。波打つ地面から、複数の円錐形物体がゆっくりと出てきたのだ。表面は滑らかで、分子濃縮メタルプラスティックであるかのように硬質な印象をあたえる。

もっと注意をはらうべきだったのに、このとき、べつの現象に気をとられた。〝壁〟と大気工場のあいだに、ゆらゆらするゆがんだ赤い輪郭があらわれたのだ。最初の瞬間、それは蜃気楼《しんきろう》に思われた。

だが、それはカルトが見ているうちに消え……ただの幻覚だったのではないかとも思われた。というのも、蜃気楼のなかに〝同僚〟カグラマス・ヴロトの重力工場の一部がぼんやりと見えたからだ。ふたつの工場は二百キロメートルはなれているので、ありえないことだった。

けれども、考えているひまはなかった。蜃気楼があらわれた側の工場辺縁部で多数の爆発が起こったから。さいころ形の大型建造物が、カルトの目の前で崩れ落ちていく。

かれは驚愕した。

その建物は使われていないハイパーエネルギー貯蔵ユニットだったが、老朽化していたわけではないので、爆発による崩壊としか考えられない。

破壊工作だ!

最悪なのは、破壊がほかの建物におよびかねないこと……深淵の地における大気をコントロールするセクションがやられたら、大惨事を引き起こしかねない。

ふたたび複数の爆発音。

今回は高エネルギー兵器によるものらしい。細長いホールの、透明なフォーム・エネルギー壁の向こうから発射されたからだ。閃光のなかで動くものが見えたが、それがなにかはわからない。

次の瞬間、それもまたカルトは忘れた。先ほど工場外側の波打つ地面から出てきた円錐形物体が、ミサイルさながらの速さで工場敷地に向かって移動しはじめたのだ。

それはミサイル攻撃を思わせ、カルトの頭は工場を破壊から救うことでいっぱいになった。制御センターに交信して工場を防御バリアでかこむよう命じてから、偵察グライダーを加速させて制御センターに向かう。

すこししてから、命令の確認もなければ工場上方にエネルギー・バリアの透明なドームも見えないことに気づいたとき、かれはパニックにおちいった。グライダーの機首を上に向け、最高速に切り替える。

自動保安装置がきかなかったり、適時に作動しなかったりすれば、深淵定数に達する前にグライダーはコースをそらされてしまう。そうしたら、どうなることか。カルトはこの時点である程度おちつきをとりもどし、下方に目を向けた。大気工場は炎につつまれ、煙がたちのぼっているのが見える。

心地よい驚きをおぼえた……いずれにせよ、最初だけは。

というのも、核弾頭を持つミサイルと思われる円錐形物体があらゆる方向から工場敷地に急進したが、目標に達する前に消滅したのだ。埃粒大のマイクロモジュールからなるグレイの雲が生じ、工場上方にひろがっていく。

だが、心地よい驚きは、長くはつづかなかった。埃の雲がゆっくりと工場におりていくのが見えたから……それがなにを意味するかは察しがついた。

周辺地域の組み替えられた反抗的サイバーモジュールが、大気工場に〝種子〟を送りだしたのだ。種子は生育し、組み替えられて反乱を生みだすだろう。

工場を救う望みはたったひとつしかない。

敷地中央の制御センターに行き、ほかのテクノトールに援助をもとめること……

＊

反乱を起こしたサイバネティクスの群れによって建物のなかに閉じこめられたカグラマス・ヴロトは、しばらく時間を要したのち、ふたたび自由になるために建物を破壊した。

そう決心できたのは、ハイパーエネルギー貯蔵ユニットが使われていないことを確認したからだ。それなら、破壊しても大気工場の作業がダメージを受けることはあるまい。そうでなければ、囚《とら》われた状態のまま、場合によっては死も覚悟していただろう。同胞のだれかに損害が生じる行為はけっしてしないこと、という、ジャシェム全員に通用する不文律があるからだ。

貯蔵ユニットが崩壊すると、ヴロトは防御バリアを作動させて、埃と破片からなる雲を突破した。ところが、自由の身になるという望みはかなえられなかった。サイバネティクスのやり方は非常に巧妙で、貯蔵ユニットの壁を、フォーム・エネルギー製の一ホールにつながるところだけ弱めていたのである……そこにチャンスがあるとヴロトが見て突破するだろうと予測したのだ。実際、そのとおりになる。

手持ちの兵器ではフォーム・エネルギーの壁を突破できないことを、ヴロトは悟った。サイバネティクスが構築したエネルギー・プロジェクターはホールの外にあるので、到達できない。これが機能するかぎり、いくら壁にダメージをあたえても、局所強化機能によってすべて無効にされるだろう。

かれはUターンして、崩壊した貯蔵ユニットの破片をかきまわすことにした。だが、その道もふさがれていた。塔ほどの高さのサイバネティクス十体がならんで立っていたのだ。

ヴロトの最初の反応は、武力行使だった。

すべての武器を作動させ、サイバネティクスに向けて発射する。だが、結果はわかっているも同然だった。サイバネティクスはハイパーディム反射機能を持つ防御バリアにつつまれており、武器の効果は弾《はじ》かれてヴロトのところにもどってきた。

防御バリアがちかちかと光り、〝サイラン防護服〟が危険度最高を警告する。

ヴロトは発射を停止し、ホール反対側のはしまで退却した。防御バリアは徐々に安定してきたが、もしサイバネティクスのほうから発射していれば、ヴロトは跡形もなく消滅していただろう。

そのことに気づいたとき、かれはいくらかおちつきをとりもどした。つまり、サイバネティクスにはこちらを殺すつもりはなく、拘束するだけらしい。理由は明らかで、反乱するサイバネティクスやサイバーモジュールと戦うフォルデルグリン・カルトを援助できなくさせるためだ。

ヴロトは、サイランにそなわる自動ケースにもどるよう武器に命じてから、次の手を考える。ほんのつかのま、アトランとその同行者のことを思った。かれらを救援隊として動員すれば、自由になれるかもしれない。だが、ここにはいないのだから、むだな考えはすぐにやめた。

次に考えたのは、フォルデルグリン・カルトのことだ。制御センターに退却したと思われるカルトに交信するべきかとも思ったが、やはりしないことにした。ひとつには、カルトに助けをもとめることに抵抗があったから。もうひとつの理由は、ヘルメット・テレカムの制御盤を見て、全周波に強い障害が生じたことがわかったからだ。

だが、次の瞬間に状況は変わった。

〝壁〟付近の地域を領していた多彩などぎつい光が、一瞬にして薄暗がりに変わり……ホールの透明な屋根を通して上を見ると、天空と工場のあいだにグレイの雲がひろがっていく。

かれはすぐに理解した。反乱するようプログラミングされた無数の埃粒大のマイクロモジュールが、大気工場全域を汚染しようとしているのだ。

こうなると非常事態のため、あらゆる手段の導入が許される。

ヴロトは原子破壊装置を作動させ、塔の高さのサイバネティクスにビームのシャワーをお見舞いした。巨大マシンの内側から目がくらむほどぎらぎらする青い光がはなたれ、光にのみこまれるかのように巨体が縮んでいく。だが、最悪なのは、この光を浴びた物質が爆発的に拡張することだった。

ヴロトとかれの着用しているサイランは、次元重層エネルギーからなる防御バリアのおかげで守られたものの、爆発によって吹き飛ばされた。数秒前までフォーム・エネルギー製ホールのあった場所をはなれ、降下してくるマイクロモジュールの雲を通過して深淵定数の間近まで達する。

かれは意識を失ったが、サイランにそなわる安全装置のおかげで墜落死をまぬがれた。飛翔装置が作動して、拡張地点から適度にはなれた安全な場所に着地する。

強い抵抗力があるおかげで、かれはじきに意識をとりもどしたが、しばらく朦朧《もうろう》とした状態で、周囲の状況をぼんやりとしか感じとれなかった。そのため、繭《まゆ》のかたちをした絹のようなヴェールが間近にあらわれ、すぐにまた消えたことにも、ほとんど注意をはらわなかった。

明瞭な視覚がもどると、からだを起こして位置を確認した。

右側には多数の次元切替エレメントがならんでいる。それぞれ、一辺三百メートルでライトグリーンのさいころだ。その右側には風船のようなフォーム・エネルギー泡を積みあげた、高さ五百メートルの山がある。それらは、隣接するクリスタル・ドームに設置されたセクスタディム閃光放射機のための複雑なポンプシステムだ。ポンプといっても液体を汲みあげるのではない。放射機内に五次元エネルギーを溜め、充分な量になったら一段階上の六次元エネルギーに転換し、不可視かつ無音の閃光として深淵の地一帯に同時に放散するのだ。これにより、有害な原子核変異などがすべて中和される。

ヴロトはサイランの制御装置を通して、次元切替エレメント、ポンプシステム、セクスタディム閃光放射機が完璧に機能していることを確認した。これらの装置にも、反乱プログラミングされたマイクロモジュールが浸潤しているはずなのに。

だが、安心するどころか、不安はいっそう高まった。なぜなら、マイクロモジュールそれ自体が反乱をくわだてたのではなく、何者かに操られているのではないかと危惧したからだ。その者の目的は大気工場を機能不全にすることではなく、おのれのために悪用すること。

そのため、一刻も早くフォルデルグリン・カルトに交信して援助を申しでることが重要に思われた。

ヴロトは四百メートルの高さに上昇し、周囲を見まわした。非常事態を理由に原子破壊装置を使用した場所には、直径六百メートル、深さ二百メートルの黒いへこみができたばかりか、周囲にあった建物数百棟が吹き飛ばされている。工場は甚大な損害をこうむったが、予備回路によって食いとめられていた。

右側の地平線のところに、フォーム・エネルギー製ドームのシルエット三つが見える。

各ドームの内部では、自由に浮遊するライトグリーンの一クリスタルが脈動していた。このような構造物は大気工場内にひとつしか存在しないので、ヴロトは方向を確認することができた。

現在ポジションから最短コースをとり、左側にあるドームの上方を通過すれば、六十キロメートル先にあるカルトの制御センターに到達するだろう。

途中で反抗的サイバネティクスに襲われ、撃ち落とされることがなければ。

しかし、目的地に到達するチャンスは良好に思われた。こちらを見張っていたサイバネティクスは破壊されたから、自分の脱出をほかの反抗的サイバネティクスに知らせてはいない。自分はもう計算に入っていないだろうから、あとはできるだけ気づかれずに制御センターに接近することだ。

だが、最後の行程はおのれで切り開かなければならない……原子破壊装置はそれ自体の作用によって崩壊したから。

それでも、やり遂げなければ……そしてカルトと協力し、反乱を鎮圧する方法を見つけださなければ。

ヴロトは地面すれすれまで身を沈め、目標へのまわり道を低速でこっそりと進みはじめた……

4

足もとの地面がふいに失われ、アトランは足を踏みはずした。だが、状況を理解してすぐに体勢をたてなおす。

最後の一歩で、次元トンネルからサイバーランドの通常環境にもどったのだ。

だが、かれとカグラマス・ヴロトの出発点である修理ホールではない。すくなくとも、重力工場の近辺であることはわかった。複雑に入り組んだドーム、塔、ピラミッド、その他の建物が、ありとあらゆる色調の赤にたもたれているからだ。

ふたたび両足が地面に安定すると同時に、アルコン人は周囲を見まわした。だが、望みはかなえられなかった。次元トンネルの内部とか、できればフォルデルグリン・カルトの大気工場がちらりとでも見えるのではないかと思ったのだが。見えたのは〝草におおわれた〟丘のある風景だけ。そのなかに水銀色の湖と、射るような光をはなつクリスタルの砂からなる浜が見えていて……それらの上には、これでもかというほど多彩な空がある。

フォーム・エネルギーからなる湖の表面に、絹のように繊細な繭状のヴェールが……というより、そのぼやけていく輪郭が見えた。それはすぐに消えた。

アトランは額にしわをよせた。

〈これの正体はわかっているはず！〉論理セクターがささやきかけた。

深く息を吸いこむ。

秘密のヴェールにかくれている存在の謎めいた活動には強く興味をそそられたが、かまっているひまはない。仲間とふたたびコンタクトすることが先決だ。

「ジェンとテングリに交信を！」と、ティランに命じ……すぐにつながったのでほっとした。

「アトラン？　どこにいる？」テングリ・レトス＝テラクドシャンが問いかけてきた。

「重力工場の外だが、われわれがサイバネティクスに襲われた、ヴァイタル・エネルギー貯蔵庫のある側ではない」アルコン人は応じる。「べつのどこかだ」

「あなたの位置をつかみました」と、ジェン・サリクが口をさしはさむ。「こちらから四十キロメートルの距離ですね。でも、ジャシェムは交信にくわわっていない。単独ですか？」

「ヴロトは同胞のところだ」アトランが説明する。「フォルデルグリン・カルトというジャシェムの大気工場で離脱した。そこでサイバネティクスが反乱を起こしている。そちらはどうだ？　どこにいる？」

「修理ホールだ」レトスが応じる。「ここできみとジャシェムを待っていた。こちらにくるか？　それとも、われわれがそちらに行こうか？　ヴロトと同胞には、われわれの援助がいるだろう」

「おそらく」と、アトラン。「ただ、おろかなことに、大気工場がどこにあるのか見当もつかない……もちろん、ジャシェム帝国にあるのはわかっているが」

「ならば、ヴロトの制御センターに概略図があるかどうか、確認しなければ」レトスがいった。「きみは行ったことがあるな。そこで落ち合うとしよう」

アトランはそっけなく笑った。

「行ったことはあるが、転送機を使ってだ。制御センターの位置はわからない」

「工場の中央にあるんじゃないですか」と、サリク。「上昇して全体のようすを見ましょう。修理ホールが工場のどのセクターにあるかもわからないので」

「了解」アトランが応じる。「きみが上昇すれば位置をつかめるから、そちらに向かう。それからいっしょに制御センターに出発だ」

「わかりました」と、サリク。「それでは！」

アルコン人は安堵の笑みを浮かべ、ティランを作動させた。これでサリクの位置を突きとめやすい。自分とは違い、テラナーはたくさんの技術設備にかこまれているため、それが防護服のエネルギー放射と重なり合ってしまうのだ。

アトランはしばらく待ったが、サリクの探知リフレックスはとどかない。かわりに、テラナーがヘルメット・テレカムで交信してきた。

「動きがとれません。修理ホールはサイバネティクスに包囲されています。われわれをここから出さないつもりでしょう」

「ここでも反乱が？」アトランは驚愕した。

「そうではなさそうだ」レトスが応じる。「サイバネティクスが礼儀正しく伝えてきた。主人の指示がないかぎり、自由に移動させることはできないと」

「厄介だな」と、アルコン人。「交渉には応じないのか？」

「ロボットのように頑固なので」サリクがいった。

「ならば、つむじ風を使ってテレポーテーションするしかあるまい」アトランが応じる。

「そのつもりだが、そのあとサイバネティクスが礼儀正しくなくなる恐れがある」と、レトス＝テラクドシャン。「つまり、制御センターに侵入するさい、問題が生じるかもしれない」

「そうか。では、とりあえずその場にとどまってくれ！　こちらは方位確認し、制御センターの場所を突きとめるつもりだ。そのあとで今後の方針を話し合おう」

「承知した」レトスが応じる。「だが用心のため、なるべく高度をあげることだ！」

〈撃ち落とされまいとして、あまり高く上昇すれば、まったく進めなくなるぞ！〉論理セクターが告げる。

〈非常に有益な忠告だ！〉アトランは皮肉をこめて思考で応じてから、ティランに飛行指示をあたえた。

＊

アトランはいくらも前進できなかった。

千メートルの高さに上昇し、重力工場の辺縁に接近したとき、見えない手につかまれて引きずりおろされたのだ。

牽引ビームか！

かれのエネルギー制御を奪った牽引ビーム・プロジェクターの位置は、ティランの探知システムですぐにわかった。だが、コンビネーションにそなわる武器を使って破壊するのはさしひかえる。攻撃がエスカレートするだけだと思われたから。それよりも、地面すれすれの高さで牽引ビームをかわし、建物を縫って低空飛行することで逃げきれないだろうか。

そう考えをめぐらせたが、実行することはなかった。

ふいに牽引ビームの力が弱まったかと思うと、影響力が完全に消滅したのだ。アトランはふたたび上昇しはじめた。驚いて牽引ビーム・プロジェクターに目をやると、一家屋くらいあるサイバーモジュールが塵埃《じんあい》と化していた。

〈インターヴァル銃の作用だ！〉論理セクターが告げる。〈ヴロトのサイバーモジュールとサイバネティクスは、これをおまえと仲間のしわざとみなすだろう〉

この出来ごとのあとに飛行するのがいかに危険かということを、アトランはわかっていた。飛翔装置を手動操縦にセットし、ヘルメット・テレカムで仲間に連絡をとる。

「こちらは変化なし」レトス＝テラクドシャンが告げた。「だが、きみの近くで最初に牽引ビームの、次にインターヴァル銃のエネルギー放出が探知された。戦いに介入するべきではないだろう」

「だれにいっているつもりだ！」アトランの声が高まる。「わたしはなにもしていない。きみたちのだれかが攻撃をしかけたと思っていた」

腕ほどの長さのミサイル二基がすぐそばを通過していく。アトランは思わず頭をさげ、すぐに防御バリアを作動させた。ミサイルは五百メートルななめ上方で爆発し……その下方にある重力工場では、数カ所でさまざまなかたちのエネルギー爆発が起こった。

アルコン人は下降速度をあげていき、同時に確信する。だれかが武力を行使して自分を助けようとしているのだ。あの戦闘ミサイル二基がエレクトロン性の操作を受けていなければ、確実に自分に命中していただろう。だが、こうした武力介入は長期的には役にたつまい……自分にとっても、自分が支援する者にとっても。

「あなたのところでなにが起こっているんです？」ジェン・サリクがヘルメット・テレカムを通してたずねてきた。

「それはこっちが知りたいところだ」アトランはいい、サイロのような大型建物二棟のあいだにはいりこんだ。そのあいだに周囲では、数十発の爆発が起こっていた。

道路に着地し、直方体の一建物の正面入口への門道を走りだす。背後でうなり音や笛のような音が高まるのを耳にしたとき、地面に身を伏せた。

太腿《ふともも》の太さのエネルギー・ビームが頭上を飛び、防御バリアがぱちぱちと光をはなつ。門道内で爆発が起こり、建物全体が揺れた。

そのあいだにアトランはふたたび移動しはじめた。地面のすこし上を飛翔し、隣りの建物の角に達した。すばやく振りかえると、一サイバーモジュールが追ってくる。テラ船ほどの大きさのどぎつい赤色の卵形構造物で、上部に多種多様な付属物がついている。前部にあるビーム砲が回転して、まっすぐこちらに向けられた。

建物の角を曲がったとたん、はげしい爆発が起こった。建物の破片が降ってくるかと思いきや、宙を飛んできたのは無数のちいさな鮮紅色の破片だった。

〈サイバーモジュールはかたづいた！〉論理セクターが断言する。〈だが、おまえの支援者は不可視でいたいらしい〉

たったいま角を曲がった建物の側面入口が深く引っこんでいるのを見て、アトランはそこに飛びこんだ。

次の瞬間、ボンシンとドモ・ソクラトが路上にあらわれた。アトランから三メートルとはなれていない。ハルト人はアバカーを間近に引きよせると、赤い戦闘服の防御バリアを作動させる。

まさに間一髪だった！

塔に似た建物からぎらぎらぎらするエネルギー・ビームが発射され、ハルト人の防御バリアに当たったのだ。一瞬、ソクラトとボンシンの姿が揺らめくビームのなかに見えなくなる。だが、ビームが消えると、ふたりは無傷で同じ場所に立っていた。

そのときだ。アトランは邪悪な射手を発見した。というより、塔状建造物の入口から突出する武器を見て、射手の正体を推定したのだ。

〝笏《しゃく》〟と呼ばれる長さ一メートルの黒い棒状武器を使うのは、駆除者しかいない。

自分と仲間が駆除部隊に追跡され、殺されかけた記憶がまざまざと浮かんだ。アルコン人は手首の膨《ふく》らみから、分子破壊銃とインパルス銃を思考命令で同時に始動し、高いポジションから射手に向かって発射した。

笏は細かい破片に砕け、ガス雲となってすみやかに吹き散った。駆除者がどうなったかは、確認できなかった。

そうこうするうちに、ソクラトがアバカーを作業アームにかかえて駆けよってきた。

「あなたのオービターが駆けつけたぞ、アトラノス！」ハルト人の声がヘルメット・テレカムからとどろく。「この元気者を保護してもらいたい！　わたしに発砲したやつがどうなったか、見てこようじゃないか」

「あれは駆除者だ」と、いいながら、アルコン人はティランに命じて防御バリアを解除した。ソクラトに押されたボンシンが、よろけながら近づいてくるのが見えたからだ。

「すぐにみんなのところへジャンプしろ！」と、アバカーに向かって叫ぶ。

「あなたはいっしょに行かないの？」つむじ風が訊いた。

「ソクラテスはどうなる？」アトランは訊きかえす。「かれはわたしを助けるためにきた。見捨てるわけにはいかない。ひとりでジャンプするんだ！　われわれを支援してサイバーモジュールと駆除部隊を相手に戦っているのが何者か、わたしもまず知る必要がある」

　そのとき、船のかたちのサイバーモジュール二体が角を曲がり、ソクラトに向かって発射した。ハルト人は防御バリアを解除し、身体構造を硬化させる。二条のエネルギー・ビームは、わずかに的をはずした。ソクラトのからだが弾丸の勢いで塔状建造物の壁を突き破ったからだ。

　ハルト人を〝見失った〟サイバーモジュールは、次の標的……アトランとボンシンに狙いを定めた。

「ジャンプしろ！」アトランは命じ、アバカーを押しやった。それから防御バリアを作動させる。

さいわい、つむじ風もこんどは命令にしたがった。不気味なほどの速さですべてが進行する。アバカーが消えた瞬間、ビーム砲二門がアトランに向けられたが、一連のエネルギー・ビームを浴びて崩壊した。

命を救ったエネルギー・ビームが放射された場所を見て、アルコン人はひどく狼狽《ろうばい》した。あらわれたのは、身長二メートル半ないし三メートルのヒューマノイド複数だ。テニスボール大の頭を持ち、白い防護服を身につけ、黒い笏を持っている。

駆除者ではないか！

〈おまえを崇拝する者の口を引っぱたくべからず！〉論理セクターが忠告する。駆除者を見たアトランが反射的にのこりの武器四個を作動させ、相手に向けたことへの示唆《しさ》だ。

アトランは思考命令で武器を呼びもどした。最初に作動させた二個とともに、頭上十メートルの高さを〝衛星〟さながらに旋回させる。

「アトラノス？」ドモ・ソクラトの驚くほどしずかな声が、ヘルメット・テレカムから聞こえてきた。

「どうした、ちびさん？」アトランは皮肉をこめて応じる。イホ・トロトという名の旧友がテラナーに対してよく使う呼びかけだ。

「わたしを射撃したのはだれだったか、知っているか？」ハルト人が訊いた。

「もちろんだ……それはきみにもいっただろう」と、アトラン。

「わかっている」ソクラトは応じた。「駆除者だ。だが、友でもある。かれ……トゥルグがわたしを撃ったのは、あなたの敵だと思ったからだそうだ。さて、どうする？」

アトランがなにもいわないうちに、シフト型サイバーモジュール三十機がななめ上にあらわれた。補助エンジン装置の音もけたたましく、V字フォーメーションで降下してくる。だが、標的はアトランではないらしい。ビーム砲が発した閃光は、かれが入口のくぼみにひそんでいる建物の上を通過していく。つづいてサイバーモジュールがやかましい音をたてた。そのななめ下方で、非常に明るい一連のエネルギー放射が地面をはしる。これにより建物は粉砕されたが、先ほど自分を助けてくれた駆除者たちの攻撃にちがいないと、アトランは思った。

〈お返しをしようとは思うなよ！〉論理セクターが釘を刺す。

アトランは冷ややかな笑みを浮かべた。

返礼をする気はない。それによってサイバーモジュールによる報復の的となれば、生きのびる可能性はないのだから。駆除者たちにしても、数でまさる相手への発射をひかえるくらいの知性は持ちあわせているだろう。すくなくとも、かれらのうちの数名は充分な防御があれば、そうやって生きのびたはずだ。

「ふう！」ヘルメット・テレカムからソクラトの声が聞こえてきた。「ずいぶんはげしく打ちかかってきたもんだ！　どうやら攻撃の雨も退散したらしい。トゥルグを連れてそっちに行く」

「すこし待て！」アトランが声高《こわだか》にいった。耐圧ヘルメットの内側にうつしだされたサイバーモジュール三十機の探知プロジェクションに目をすえて、「もう一度、襲ってくるかもしれない」

〈おまえの武器だ！〉論理セクターが警告した。

アルコン人は急いで命令を出し、武器を手首の膨らみにもどす。興奮のためにすっかり忘れていたが、頭上を旋回する武器がエネルギーを放出したのだ。それをサイバーモジュールの探知機がとらえたのだろう。

事実、武器がもとの場所におさまり、作動を停止すると、サイバーモジュールも向きを変えた……ただし、一機だけコースをたもっている。

〈わかっている！〉アトランが論理セクターに思考で伝えると、

〈なにを？〉付帯脳がささやきかえした。

アトランはそれには答えず、ソクラトに向かい、

「なにもするな！　あれはおとりだ。撃ち落とせば、ここはふたたび暴徒でいっぱいに

なるだろう」

「了解した！」ハルト人が応じる。

〈わかっている！〉付帯脳はアトランの口調をまねた。〈発言してもいない忠告に反応する者を、知ったかぶりと呼ぶのだ〉

〈弱気なコメントだな！〉アトランは思考に皮肉をこめた。

付帯脳は答えない。

小気味いいよろこびにひたる間もなく、背後のどこかからエネルギー・ビームが放出された。個々のサイバーモジュールから炎があがり、破裂する。

「三十六計逃げるにしかずだ！」ヘルメット・テレカムに向かって叫んだが、テラの古い表現をハルト人は知らないだろうと思い、いいそえた。「大騒動になる前に急いで逃げるぞ！」

かれは入口のくぼみから出て急上昇し、向かい側の開いた窓から浮遊してくるソクラトと駆除者に、いっしょにくるよう合図した。それから速度をあげ、建物の半分くらいの高さで交差する道路に入った。

そのコースは退却するサイバーモジュールがとったのと同じラインだったため、結果的に遭遇することになるのだが、それをアトラン自身も論理セクターも予知できなかった。

災《わざわ》いが近づいてくるのが見え、死の危険を察したハルト人の悲鳴を耳にしたときには、もはや避けるすべがなかった……

＊

絹のように繊細な繭状ヴェールは、サイバーモジュールのフォーメーションと同時にあらわれたにちがいない。だが、アトランは迫りくる死に全神経をとられていたので、注意をはらわなかったのも無理はなかった。

しかし、蜂蜜色の金属でできた、車輪のないゴーカートと犬ぞりを合わせたような台座のほうは、目につかないわけにいかなかった……その上に横たわる濃淡の褐色の縞《しま》模様がある毛皮の山と、金褐色に光る大きな目も。

台座の前部にある漏斗《ろうと》状の開口部が、アトランのほうを向いている。そのなかで銀色にきらめくクリスタルの塊りが光ったとき、サイバーモジュールの一体と衝突し……いや、衝突するはずだったのに、しなかった。クリスタル塊が明るい光をはなった瞬間、サイバーモジュールが消えたのだ。

「ジャト＝ジャト！」ヘルメット・テレカムから、ハルト人のわめき声が聞こえてきた。

アトランは右腕をあげ、

「とまれ、ソクラテス！」と、呼びかけた。頭をそちらに向けると、ソクラトの横を飛翔する駆除者が目に入った。「トゥルグもだ。その名前で正しければ」

そのあいだにかれは減速し、ソクラトと駆除者も速度を落とした。かれらの前をうしろ向きに浮遊していたジャト＝ジャトも徐々に停止し、四名は同時に下降しはじめた。防御バリアも解除してある。

駆除者全員が持つ独特の手段でトゥルグがこちらを探知したとき、アルコン人は皮膚にほんの一瞬〝虫がはしるような感覚〟をおぼえた。その後、白い防護服姿の巨人は感覚をジャト＝ジャトに集中させたらしい。

「感謝する！」毛皮生物に向かってアトランがいった。ティランの耐圧ヘルメットは開かず、コンビネーションにつけられた外側スピーカーおよび外側マイクロフォンを使用する。それらは非常にちいさく、ほとんど目につかない。「きみの助けがなければ、われわれの命はなかっただろう」

「わたしの六次元要素がすこし先を進んでいたため、危険を察知したのだ。まったくの偶然だった」毛皮生物が応じた。

アトランは耳をそばだてたが、充分に注意して聞いたわけではない。

「きみはこれで未来に行けるのか？」台座を指さしながらたずねる。

「テンポラル装置では行けない」ジャト＝ジャトが応じた。「これは不完全なもの。知性体の六次元要素も、物理的に存在するわけではないので先には行けない」

〈かれは、自身のことではなくÜBSEF定数について語っている！〉論理セクターがコメントする。

「そうか」アトランはいった。「注意不足ですまなかった、ジャト＝ジャト。きみのいうのは行動予知能力のことだな。価値は高いがめったにない才能だ」

「わたしはこの技能を習得した」毛皮生物が説明する。「でも、わたしはひとつの時間平面に長くとどまれないというのに、些末《さまつ》なことにかかわりすぎだ。アトラン、なぜジャト＝ジャトよりジャト＝イオタのほうがわたしにふさわしいのか、クリオに訊いてくれたか？」

「いや」アトランはうしろめたさを感じた。「あまりにもたくさんのことがあって、まだ訊けずにいる。だが、あとでかならず訊こう。ところで、きみは〝巨峰イオタ〟について、なにか知っているか？」

「知らない」毛皮生物はいった。「聞いたこともない。でも、いまはそんな謎解きをしている場合ではない。もう行かなくては。いまあなたたちがいるのは、わが父の重力工場内を自由に行き来できる過去の一スパンだ。でも、どうしても必要な時間より長くとどまってはいけない！　光を反射しない青い壁のある転送室を使えば、あなたたちがかろうじて死をまぬがれた時間平面にもどれる。ただし、慎重にすること。わたしはもう援助できないから。あちらに着いたら、父とフォルデルグリン・カルトが手を貸すだろう」

アトランには訊きたいことがたくさんあったが、手前に位置する漏斗状構造物内の黒いところに、銀色にきらめくクリスタル塊がふたたび形成されるのが目に入った。台座と毛皮生物の輪郭が、絹のように繊細な繭状ヴェールの背後でぼやけていき、はげしく脈動してから消える……ジャト＝ジャトとテンポラル装置とともに。

アルコン人は、このときようやく周囲を注意深く観察した。トゥルグ、ソクラトとともに立っているのは、道路の上だった。その最上層をなすフォーム・エネルギーの下に、あらゆる色調の赤色の硬化サイバーモジュールからなる頑丈な土台が見える。

周囲一帯に多種多様な建物がそびえているが、異様にしずかで、生物の気配が感じられない。もちろんサイバーモジュール三十機も存在しない……いまはまだ。ジャト＝ジャトが介入しなかったら、自分とソクラトとトゥルグはどうなっていたかを考え、アトランはぞっとした。

トゥルグに目を向ける。

この駆除者をこれまで見たことがあるかどうか、わからなかった。真っ白い皮膚とそこにちらばるグリーンの色素、〝感覚球体〟と呼ばれるテニスボール大の頭。かれらは、すくなくともほかの種族にはみな同じに見える。

トゥルグは身長二・八メートル以上あり、ほかの駆除者と同じく〝筋骨隆々〟だ。白い防護服の表面構造は、驚くほどテラ古代の鎖帷子《かたびら》に似ており、アトランの脳に奇妙な連想を生じさせた。球形のヘルメットは透明で、防護服全体と同じく、極端な事態でもないかぎり貫通できない。そのほか、マイクロエンジン、防御バリア・プロジェクター、飛翔装置、さまざまな投擲《とうてき》武器、通信機のそなわる、かさばる背嚢《はいのう》を身につけている。笏と呼ばれる多目的武器を持たないことから、ソクラトを射撃した駆除者だとわかった。かれの笏はアトランが破壊したのだ。

ただ、疑問はのこる。トゥルグのようすはなぜこれほど温厚なのか……殺戮者になりはてたかつての深淵警察には、これまで多数の不快な体験をさせられたというのに。

〈もっと重要なのは、なぜ駆除者がおまえの味方についてサイバーモジュール相手に戦ったかということだ！〉論理セクターがいいきかせる。

〈〝戦わされたか〟だろう！〉アルコン人はあざけるように訂正した。

「かれらは浄化されたのだ。貯蔵庫のヴァイタル流のなかでみずからヴァイタル・エネルギーとなったときのこと」耳をつんざくような声量でソクラトが説明する。「トゥルグがそういっていた。こちらに向かって発射してきたんで、わたしがまっぷたつに引き裂こうとしたあとに」

「あれは誤解でした」トゥルグが駆除者特有の甲高《かんだか》い声で断言した。頑丈な頸の下部にある、唇のないスリット状の口が動く。「ソクラトのことを、あなたを攻撃するサイバーモジュールだと思ったのです、アトラン。あなたが単独だと伝え聞いた直後だったため、かれの出現に驚いてしまって」

「よし、それは忘れることにしよう！」アルコン人が応じる。「きみは誤解のせいで笏を失った。高い代償だったな。だが、きみたち駆除部隊はどうやってジャシェム帝国にやってきて、なにをするつもりなのか？」

「われわれ、もともとあなたたちを追跡していたのです」トゥルグが報告する。「シャツェンのヴァイタル・エネルギー貯蔵庫からがあなたたちが逃げたあと、われわれ全員に追跡せよと大駆除者が命じ、先頭に立ちました。ソクラトがさっきいったように、われわれはヴァイタル流によって改心し、本来の姿、つまり深淵法の守護者にもどったのです。悔いあらためて深淵の騎士に奉仕すると、ヴァイタル・エネルギー貯蔵庫に誓いました。そのあと、貯蔵庫はわれわれをヴァジェンダの方向に送ったのですが、バリケードに阻止されてジャシェム帝国に漂着したため、まずは状況を探ろうと思い、長いあいだじっとしていました。あなたたちもここに漂着したとは、だれも推測していなかったので。通信を傍受してはじめて、活動することに決めました。わたしは先遣隊として、あなたをサイバーモジュールから守る任務をあたえられたのです」

「ずいぶんと派手にやってくれたな」アトランの口調は冷ややかだ。「ジャト＝イオタがいなければ、この惑星におけるわれわれの存在は、きみの仲間の最後の発射で終わっていただろう」

「ジャト＝イオタ？」トゥルグがおうむがえしにいった。「時間移動能力を持つ知性体のことですね？　重力工場の統率者を〝わが父〟と呼んだのは、なぜです？」

「関連性をまだ正確に把握したわけではないが、ジャト＝イオタにとって〝父〟という概念は、われわれや同種の生物とは違う意味を持つのではないか。かれの名前の〝イオタ〟という部分で思いだすのは、はるか昔、〝巨峰イオタ〟という名の意識集合体もしくは精神存在と奇妙な体験をしたことだ。だが、おそらくジャト＝イオタとのつながりはあるまい。いや、ありそうにない」

「すごくおもしろそうな話ではあるが」ソクラトのいらいらした声がとどろいた。「さしせまった問題ではあるまい。急いで大気工場に行って、サイバネティクスとサイバーモジュールの反乱を鎮静しようではないか」

「この時間平面でか？」アトランが皮肉をこめて訊きかえす。「反乱など存在しない過去の時点なのに？」

ハルト人は不満そうな声を出し、

「だって、われわれの現在は危険が大きすぎる」と、反論した。「もうすこしで死ぬところだったのを忘れたのか？」

「忘れるものか！」アトランが応じる。「だが、まずは重力工場の制御センターに行き、大気工場のポジション・データを手に入れてから現在にもどれば、その危険を回避できるだろう」

「そのとおり」と、ソクラト。「ヴロトのサイバネティクスとサイバーモジュールが、次回はわれわれを重力工場からすんなり出してくれることを願うばかりだ」

かれは、自分とアトランの横に無言で立つ駆除者に向きなおると、

「個人的意見はないな、白い巨人？」と、たずねた。

「ありません」トゥルグが応じる。

「だが、できるなら過去にとどまりたいのではないか？」ハルト人が食いさがる。

「いいえ」トゥルグは型どおりの返答をした。

「かまうんじゃない、ソクラテス！」アトランはいい、駆除者に訊いた。「われわれといっしょにくるか？」

「あなたは深淵の騎士」トゥルグが応じる。「だから、あなたにどこまでもしたがい、死ぬまで仕えます」

5

大気工場中央にある制御センターがエレクトロン装置の助けを借りずに見えたとき、フォルデルグリン・カルトの探知機がふいに原子破壊装置の活動を計測した。

グライダーをUターンさせると、キャノピーの自動遮光作用でおさえられた、どぎつい青色光が目に入った。

その瞬間、偵察グライダーの多次元防御バリアが自動的に作動した。このプロジェクターは、ジャシェムだけが持つ技術に属するものだ。そのおかげで、青色光の持つ作用も多次元防御バリアでさえぎられる。

しかし、青色光の発生源近くにある建造物やサイバネティクスにはそのような防御バリアはないため、原子膨張を起こした。

カルトは驚愕と怒りと復讐欲をあらわす、雷鳴のような音声を発した。かれが動揺したのも無理はない。というのも、原子破壊装置もやはりジャシェム技術に属するもので、使用するのは深淵の技術者にかぎられている。つまり、原子破壊装置を作動させ、大気工場に中程度の大惨事を引き起こしたのは、ジャシェムのだれかということになる。最初の瞬間、荒廃した工場セクターに次元爆弾を投下させ、そこにいると思われる犯人に命中させようかと考えた。だが、すぐに冷静な思考力のなごりが優位を占め、状況を確認するまでは判断をひかえることに決めた。

ジャシェムは同胞を傷つけてはいけないという不文律が、サイバーランドにあるからだ。

より価値のあるものを守るためでないかぎりは。

だが、状況を確認する前に、もともとの意図を実行することにした。大気工場の制御センターを訪れて、ほかのジャシェムに支援をもとめるのだ。

再度グライダーの向きを変え、大気工場中心部へのコースをとる。

けれども、そうかんたんには制御センターに到達できないことに、すぐに気がついた。出来ごとやコース変更に時間をとられているうちに、サイバーモジュールが種子をスムーズにまくことに成功してしまったらしい。気づくのが遅れたのは、大気工場の機能に変わりがなかったからだった。以前と変わらずに稼働していて、管理サイバネティクスや、監視員として使用しているサイバーモジュールも、申しぶんなく機能している。変化といえば、フォルデルグリン・カルトがもはや工場長とはみなされず、厄介な異物またはじゃま者に降格されたことだけ。

かれらの反応もそれに即したものだった。

広場という広場に移動式ビーム砲があらわれ、道路は異物を探す作業サイバネティクスであふれた。さまざまな大きさの戦闘グライダー型サイバーモジュールが、平和を乱すじゃま者を狩りだそうと工場施設の上空を飛ぶ。

完璧だ。

完璧すぎて、効率的に動けていない。

無数の探知インパルスが幾重にも重なり合っているため、サイバネティクスにしろサイバーモジュールにしろ、明白な探知結果を得ることができないのだ。エレクトロンによる戦闘も同様で、かれらは所有するもののすべてを非常に集中的に動員した……ジャシェム製グライダーの多次元バリアを妨害インパルスで貫通するのは不可能に近いから。

その結果、反乱分子の一部はみずからの行為によって麻痺することになった。

それにくわえて、フォルデルグリン・カルトは偵察グライダーにそなわる技術手段すべてを使い、敵の標的探知装置および制御ポジトロニクス妨害を試みた。

うまくいったのを見て、満足そうにごろごろという音を出す。広場や道路、空中のいたるところで、ひっきりなしに衝突が起こった……移動式ビーム砲が無数のサイバーモジュールを落下させる。

カオスに巻きこまれなかったサイバーモジュールは三つしかない。一家屋大の移動式修理ユニットふたつと、エネルギー・フィールドとともに作用する投擲機だ。この空飛ぶハンマーがカルトの乗るグライダーに何度も体あたりしては、打ちかかってくる。もちろん多次元バリアを貫通することはできないが、偵察グライダーは勢いよく動かされてしまい、コースからはずれた。

投擲機が一修理ユニットの開かれたハッチにグライダーを駆りたてることに徹していると気づいたときには、遅かった……おかげで、巧妙に反応することができなかった。

カルトはグライダーを鋭角で右に向け……修理ユニットの牽引ビームを逃れたと思った矢先に、第二の修理ユニットのビームにとらえられた。こちらが気づかないうちに接近し、逃避行動をとったグライダーがまっすぐ飛びこむ位置で待ちかまえていたのだ。

激怒したカルトは、大きくちいさく叫び声をあげつつ、修理ユニットの開いた〝口〟に次元爆弾を射ちこんだ。すぐに偵察グライダーがつづく。だが、修理ユニットはもとのかたちを失い、上位次元の構造亀裂にあるただのエネルギー雲になっていた。

このエネルギー雲の半分はすでに別次元の構成要素となっている。そのため、偵察グライダーの多次元バリアによって中和された。おかげでグライダー自体は破壊されず、ほんのすこしかたちを変えて飛行をつづけた。

ただし、エンジンも制御装置も持たず、エネルギー・バリアすらない……大気工場の上空はエレクトロン妨害インパルス、戦闘ミサイル、ビームであふれているため、ほんのわずかの距離しか飛行できなかった。

次元爆弾を発射したのち、こうなることはわかっていた。カルトはすぐに自動救命カプセルを始動。

グライダーが消滅するあいだに、カルトを入れた透明カプセルはゆっくりと工場敷地に向かって降下していく。カプセルが出しつづける救難信号に対して、反乱分子は前と変わらない反応をした。つまり、発砲することはせず、予測される着地点に移動式医療ユニット三体を送りだしたのだ。

しかし、カルトはおのれの敗北をなぐさめることはできなかった。

＊

無数のサイバネティクスが周囲にあらわれ、空が多数のサイバーモジュールで暗くなると、カグラマス・ヴロトはちいさなピラミッド形建物のなかに逃げこんだ。

そのとき、建物だと思ったものがじつはサイバネティクスだったことに気がついた。驚愕してとっさにパッシヴ体に転換し、でこぼこした濃紺の〝岩塊〟となってサイバネティクス下層の床に転がる。サイランやほかの装備品はそばにあった。

だが、再活性化にとてつもない時間がかかるほど生命プロセスを制限してしまう前に、気がついた。サイバネティクスは自分の存在にまったく反応していない。

その理由はすぐにわかった。

ピラミッド形の設備は、汚れたケーブルの巻きとり機だったのだ。工場敷地を這うように移動しては、すべてのケーブル・シャフトロに細い棒状の作業ゾンデを伸ばして、ゾンデに固定された把握手で黒いS字形ケーブルを引きだし、その作業のあいだに巻きとっていく。このような装置が反乱を起こすことはない。単純な任務に適するちっぽけなポジトロニクスしか持たないので、ゾンデを出し入れし、汚れたケーブルをつかんで引っ張り、ふたたびはなす以外のことは思考できない。

そこから得られるチャンスにいち早く気づいたカルトは、大急ぎでアクティヴ体にもどり、サイランを身につけた。装備一式をチェックしてから、一本のゾンデに沿ってシャフトロのなかを垂直におりていく。

百二十メートルほど進むと、本来のケーブル・シャフトに到達した。黒いS字形ケーブルのほかにも無数のケーブルが配置されている。それらはケーブル巻きとり機ではなく、ほかのサイバネティクスの担当だ。

このシャフトは水平にのびている。自分の目的に最適だと、ヴロトは思いかけた。

〝思いかけた〟といったのは、ケーブル巻きとり機のちいさな把握手がサイランのくぼんだ個所をがっしりとつかみ、引き伸ばそうとするのが感じられたからだ。

過酷な戦いとなり、インパルス銃とヴァイブレーション・ナイフを使って把握手から逃れると、水平なシャフトのなかを四つん這いで猛進した。コンビネーションが自動発光して道を照らしだす。

だが、敵はケーブル巻きとり機の把握手だけではなかった……それに、水平のシャフトは大気工場地下を縦横にはしる数十万のシャフトのひとつにすぎないらしいこともわかった。故障探知機、絶縁スプレー、圧力計といったサイバネティクス・エレメントがシャフト網のなかを絶え間なく移動している。

こうした下位ユニットが反乱に関係していないのはヴロトにとってさいわいだったが、その通常プログラミングのせいで苦しめられた。鉤で引っかけたり、つかんだり、磁力でくっついてくるエレメントもあれば、サイランに向かってさまざまな絶縁材、ラッカー、潤滑油などをスプレーするものもある。あるいは核バーナー切断機やスポット溶接機をかれにあてがい、サイランを切り開いて手脚をはんだづけしようとするものもある。このような〝攻撃〟にあうと、武器を使って相手の装置を破壊するしかない。それが検査エレメントを作動させるため、あてもなく逃げまわるはめになる。そのうちに位置感覚を失った。

ケーブル交換装置の把握手につかまれ、汚れて劣化しかけたS字形ケーブルとともに垂直シャフト内を引っ張りあげられたとき、ヴロトはすでに弱気になっていた。こんどは数百個の鉤がサイランに食いこみ、しっかりとつかまれている。数キロメートルもあるケーブルが周囲にぐるぐると、しだいにきつく巻かれていく。

もちろんこの状況からも、武器を使ってみずからを解放することはできただろう。だが、すでに神経がまいっていたし、外にもどりたいとも思った。大気工場のどのセクターにいるのかを知るには、外に出るしかないからだ。

ケーブル交換装置の知性がケーブル巻きとり機のそれと変わらないことを知って、ヴロトはほっとした。下層デッキでケーブルをはなし、床におろしてしまうと、それ以上は注意をはらわない。

ヴロトは外側マイクロフォンのボリュームを最高にセットして聞き耳をたてた。だが、ケーブル交換装置の作業音と、遠くから聞こえてくる定義しがたい騒音のほかには、なにも聞きとれない。サイバネティクスの供給ハッチ六カ所はすべて開いているのに。

ところが、ヴロトが大急ぎで外に出ようとしたとき、状況は一変した。まず羽音やざわめきが聞こえ、次に鈍い衝突音がしたかと思うと、かちかち、ぱりぱりという音になり、巨人が数平方メートルもある銀フォリオを手でまるめたような雑音がくわわった。

サイレンが鳴りだし、耳をつんざくほどの音量になったとき、外側マイクロフォンのボリュームが最高のままだったことに気がついた。

ボリュームをさげると、サイレンは耐えられる音量になる。かちかち、ぱりぱりという音が消えたとき、雑音の正体がわかった。憂鬱な気分のトラバーがたてる物音だ。トラバーはとっくに絶滅した生物だが、フォルデルグリン・カルトがアクティヴ体としてトラバーの姿を好むことを、ヴロトは知っている。つまり、だれが雑音を出しているかは明らかだった。

とはいえ、カルトがサイレン音を発するはずはないから、よくないしるしだ。

ヴロトは転がるように外に出ると、まずは鐘形のケーブル交換装置の間近にとどまって状況を探る。

予想どおり、トラバー姿のフォルデルグリン・カルトがそばにいた。カルトだとわかったのは、極端に奇妙なアクティヴ体が着用していても見てとれる、サイランの特徴からだ。

カルトは救命カプセルから出たばかりにちがいない。三方から接近してくる移動式医療ユニットを見て、これでは逃亡を試みてもすぐに捕まってしまうと、どうするか決めかねていらだっているのだろう。あたりは異様にしずかだった。空中にサイバーモジュールはひとつも見あたらず、グライダーや戦闘の物音も聞こえない。反抗的なサイバーモジュールおよびサイバネティクスは、ヴロトがここにいることにはまだ気づいておらず、カルトをうまく無力化できたとみなしたのだろう。医療ユニットが〝患者〟を鎮静し、もはや反乱をしずめようと考えられない状態にすることは確実だった。

だが、ヴロトにはもちろん、そんなことをさせるつもりはない。

トラバーのたてる、注意を喚起する鋭い音声をまねして発すると……カルトの体表の見えている部分がかすかに動いた。こちらを発見したしるしだ。ヴロトは、ケーブル交換装置の陰にふたたび引っこんだ。

かれが下層デッキにもどるのとほとんど同時に〝同僚〟がしのびこんでくる……すると、最初の医療ユニットが供給ハッチの外側にぶつかった。ハッチがちいさすぎて入れないのだ。

自分たちを捕まえる任務を持つのこりの二体が同様にサイバネティクスに衝突して三体とも閉めだされるまで、待つつもりはない。ヴロトはすぐさま垂直シャフトに飛びこんだ。カルトが質問することもなくそれにつづく。鉤つきゾンデが追ってきたせいもあるのだろう。

水平シャフトのある階層に到達すると、ヴロトは同僚に先導してもらうことにした。カルトなら制御センターとの相対的な位置がわかるだろうと考えてのこと。意思疎通はまだできない。すぐあとを追ってくる医療ユニットに妨害されたからだ。ゾンデの把手にじゃまされて数は減ったものの、追跡の手をゆるめてはいない。

フォルデルグリン・カルトは、コンビネーションの飛翔装置を使って水平シャフト網のなかを決然と進んでいく。大気工場の地下世界を熟知していることは明らかだ。

そのことのもうひとつの証明であるかのように、かれはケーブルの油分除去トンネルに追跡者を導いていく。局所効果にセットした分子破壊装置によって、ユニットは完全に油分を抜かれてジョイントが動かなくなり、その場に転がった。ジャシェムたちの防護服にはなんの影響もない。表面の油のしみがとりのぞかれたほかには。

カルトは、次の交差路で真上に向かうシャフトを選んだ。行きついたのは表面ではなく、ドーム・システムだった。

「ここなら安全だ」カルトはトラバー特有の鳥のさえずりに似た声でいい、停止した。盗聴される恐れがあるのでヘルメット・テレカムは使わず、サイランの外側スピーカーと外側マイクロフォンを使用している。

「制御センターまで、あとどのくらいか、テクノトール？」ヴロトは友好的な敬意をこめてたずねた。ジャシェムのあいだでは全員がそのようにつとめている。

「あと数分で到着する」カルトが応じる。「〝かれ〟のサイロトロン搬送体は忠誠を維持しているはずだと期待している」

〝かれ〟というのは、カルト自身のこと。ジャシェムどうしの会話では、一人称のかわりに三人称を使う習慣がある。ヴロトはときどき、そうしないが。

「本来、サイロトロン搬送体が反乱を起こすはずはない」ヴロトが応じる。「〝かれ〟のそれに関していえば、遺憾ながらわからないが。テションとシェカルは深淵の騎士に破壊されたから」

「深淵の騎士に？」カルトは動揺し、おうむがえしにいった。「どうやってサイバーランドにきて、ここでなにをするつもりなんだ？」

「長い話になる」と、ヴロト。「それについてはあとで説明することにして、まずは制御センターに行こう。ほかのテクノトールの援助を得るために」

「それがいい」カルトが応じる。「行こう！」

6

重力工場上空を旋回したが、どこにも活動をしめす気配が見あたらない。アトランはいやな予感をおぼえた。もちろんティランの探知システムは、工場の自動制御操縦活動から発生する放射を探知したが、現在すなわち相対未来では群がっていたサイバーモジュールやサイバネティクスが、ここには存在しないのだ。

さらに、なによりもカグラマス・ヴロトの姿がない。

ジャシェムの制御センターはすでに見つかった。記憶にあるとおりの外観だったが、透明なフォーム・エネルギーからなる、ゆるやかにカーヴした壁の奥には、生物も移動式サイバネティクスも見えない。もちろんヴロトが昼夜ずっと制御センターに詰めているわけではなく、視察に出ることもあれば休憩や睡眠もとるだろう。だが、自動装置が工場全体を常時監視し、異状があればただちに統率者に警告するはず。

異人がひとり工場敷地上空にあらわれたのだから、異状発生だろう。

自分の出現に対する目に見える反応がないのはなぜか……筋が通っていて安心できる

理由を、アトランはいっしんに考えたが、見つからない。

この状況下では、制御センターに着地する、あるいはドモ・ソクラトとトゥルグを連れてくるという決定はできない。かれは向きを変え、工場側部に向かった。その先にある土地は、相対未来で自分と仲間がヴァイタル・エネルギー貯蔵庫から吐きだされた場所だ。

周辺地域を飛翔してもシュプールがいっさい見られないことに気づき、思わず眉をひそめた。

〈おろか者!〉付帯脳がささやきかけた。〈過去にいることを忘れるな! まだ起こっていないことが、シュプールをのこすはずはない〉

アトランはさらに飛行をつづけ、液状フォーム・エネルギーが流れる川を通過し、ちいさな森をこえ、黄や赤や青の茎がびっしりとならぶ波状の平原をわたった。もちろんほんものの茎ではなく、アンテナ草だが。

金色にきらめく卵形の巨大構造物を目にしたとき、意図したより遠くまできてしまったことに気がついた。相対未来で自分と同行者を放出することになるヴァイタル・エネルギー貯蔵庫が〝まだ見たことのない者〟を発見したら、疑念をいだくだろう。

急停止して疑念をさらに強めないよう、自制する。ヴァイタル・エネルギー貯蔵庫の敷地上空の一部を通過してから、大きく弧を描いてUターンした。

「だれだ？」

その声は、相対未来でそう聞こえることになる……あるいは、聞こえた……ほどに傲慢ではなかったが、それでもヴァイタル・エネルギー貯蔵庫の声だとわかった。

「査察官だ」アトランは外側マイクロフォンを通して曖昧に応じた。重力工場長のゆくえをたずねたいところだが、そうすればたちまち部外者と判断されてしまう。

「査察官とは！」貯蔵庫はおうむがえしにいった。「ジャシェムはサイロトロン搬送体のコンテストに出発する前、きみのことを知らせなかったが」

「それはわたしには関係がない」アルコン人は応じる。

貯蔵庫はそれ以上なにもいわない。疑念がおさまったのかもしれない。おそらく無資格の者が外部からジャシェム帝国に入りこめたとは思いもよらないのだろう。貯蔵庫の判断によると、それは不可能なのだ。というのも、ジャシェム帝国は〝壁〟によって深淵の地のほかの領域から隔絶されており、ヴァイタル・エネルギー貯蔵庫が唯一の管理された出入口なのだから。

それでも、カグラマス・ヴロトが不在なのは謎めいた理由ではなく、サイロトロン搬送体のコンテストのためであることがわかった。サイロトロン搬送体というのがだれなのか、あるいはなんなのか、アトランにはもちろん見当もつかない。それでもコンテストというからには、すくなくともなにかの決まりがあるのだろう。そうしたイベントには全ジャシェムが集まることも推測された。

気をしずめて、ハルト人とトゥルグの待つ工場セクターに向かう。

二名に報告したあと、かれらとともに制御センターに移動した。予想どおり入口はポジトロン保安装置で施錠されている。特殊なコード・インパルス探知機を使わず、ティランにそなわる探知・計測装置だけでフォーム・エネルギー泡最上部にある入口の解除コードを探りだすのに、一時間半を要した。

それを入口に放射すると、円形の開口部ができた。アトランはゆっくりと高度をさげ、コンピュータ、ヴィデオ・コンソール、モニター、ホログラム・スクリーンが文字どおりいっぱいに詰まった制御センターにおりたつ。ソクラトとトゥルグもすぐにつづいた。

徹底的に施設をチェックし、フォルデルグリン・カルトの大気工場のポジション・データを探す。なんらかの記憶装置におさまっているはずだが、膨大なデータにまじってしまっているようだ。ヴロトはポジションを暗記しているはずなので、いつでも呼びだせるように保存する必要はあるまい。

その推測は当たっていたらしく、一時間たってもデータは見つからないままだった。

「べつのやり方をとってはどうだろう?」ドモ・ソクラトがいった。「通信装置を使って大気工場とつなげばいい。応答するポジトロニクスがあるはずだから……それで送信機を方位測定できる」

「それもひとつの手だが、カルトがコンテストからもどったときに交信のことを知るのは避けたい」アトランが反論する。「なにかおかしいと感じるだろう。調査をすれば、無資格者がサイバーランド内をうろちょろしていることに感づくかもしれない」

「そう願いたいものだ！」ハルト人が声を張りあげる。「わたしは、サイバネティクスとサイバーモジュールの反乱をすでにこの時間平面で予防するべきだという見解に達した。たとえば、カルトの制御センターにメッセージをのこすとか。そうすれば、かれは警告を受けてなんらかの行動を起こせるかもしれない」

「なんらかの？」アルコン人は皮肉をこめてくりかえした。

「うむ、そうだな」ソクラトはいいよどむ。「なにかしら思いつくかも」

「配下にあるサイバネティクスとサイバーモジュールすべてを停止させるとか？」アトランはシニカルに提案し、「だめだ、ソクラテス。警告すれば、もっと悪い結果を引き起こしかねない。最初の計画どおりに行動し、大気工場のポジション・データが得られしだい、最初のリアル現在にもどろう。それから仲間たちと駆除部隊とともにそっちに行き、カルトとヴロトを救うのだ。窮地におちいっているにちがいない」

「なら、いいかげんデータを見つけてもらいたい！」ソクラトがいらいらして不平を鳴らす。「でないと、こっちは保安装置がオーヴァヒートして、ここにあるものをかたっぱしから打ち壊しそうだ」

「そんなことをしたら、オービターとしての地位を剝奪するぞ」アトランが応じる。これには効果があった。ソクラトはしばらく文句をいっていたが、脅しを口にするのはすっかりやめた。

それから数分でアトランはデータを発見した。そこから大気工場の方向と距離を算出すると、重力工場から二百キロメートルしかはなれていないことがわかった。ただ、ティランの飛翔装置だと二時間かかる。

「ただちに転送機に！」と、アルコン人。「すでに知っていて、いちばん近くにあるものを使おう」

「それがいい」ソクラトが応じた。

アトランはにっこりして、相対未来ですでに知っている、フォーム・エネルギーでできた搬送ベルトに乗った。数秒後、かれは兵器ドーム内にいた。これの助けを借りて、鳥サイバネティクス二体を撃ち落とすことになるのだ。

〈武器のしくみを一度ここで調べても損にはなるまい！〉論理セクターがささやきかけた。

アトランは考えこみながらコンソールに歩みより、制御機能を観察した。相対未来において、探知、目標追跡、砲撃などの回路や操作法がかなりすんなりとわかった記憶がある。かれは、内心から強制されるようにそれらの制御方法を調べた。そのさい、自問する。この内なる強制は、相対未来でこの知識を持つためには前もって……つまり相対過去において……これを習得しなければならないからなのだろうか。

〈時間には独自の法則がある！〉論理セクターが告げた。〈その世界にあえて立ち入ろうとする者は、なじんできた因果性思考を捨てなければならない〉

「わかっている！」アトランは声に出して応じた。「これは七つの封印の書どころではない。数十億の失われた楽園の前に数十億の垂れ幕があって、数十億の封印で閉ざされているようなもの」

「なんのことだ？」ソクラトが困惑してたずねた。

「時間のことだが、いまその議論はしない」アトランが考えながら説明する。「すぐにまた一種の時間転送を体験するとしても」

「鏡キャビネットで？」ハルト人は下方をしめす。

アトランはうなずいた。

六次元ブラスターの発射スイッチに背を向け、リフトキャビンに乗りこむ。かれとソクラトを相対未来に運び……それからまたもとにもどすものだ。二名は工場の地下にあるちいさい配送ホールに着いた。

アトランは迷うことなく銅板レリーフで装飾された壁に歩みより、強く押した。ふいに抵抗がなくなり、鏡のように滑らかなライトブルーの壁にかこまれた空間に通じる道トランの行為にすこしも注意を向けていないようだ。ハルト人はぼんやりとしたようすで、アトランの行為にすこしも注意を向けていないようだ。そのせいで相対未来に自力で順応できないのかもしれない。

ソクラトは放心状態からもどると、不思議そうに周囲を見まわし、

「今回はどんなふうに機能するんだ？」と、たずねた。「ジャト＝ジャトが転送機を作動させたはずはあるまい。われわれがどれを使うか、知らないんだから」

「ほんとうに知らないとでも？」アトランが訊きかえす。「それなら、わたしが知っていたのはなぜだ？　いや、そんなことはもういい。時間転移がどのように機能するのか見当もつかないが、相対未来で一度うまくいったから、わたしは無条件で装置を信頼している」

〈時空内で迷子になりたくなければ、そうするしかない！〉論理セクターがあざける。

〈たしかに！〉アトランは思考で応じた。

しかし、装置が自動的に機能するだろうという期待はかなえられず、スイッチを探して作動させなければならなかった。ようやく格子状の柱が光をはなつ。ジャト＝ジャトがここから教訓を得て、相対未来に作動タイマーをもうけることは確実に思われた。

そう思ったとたん、周囲はぼやけ……それからふたたび明瞭になった。

「前のときとは……いや、ええと、あとのときとは違うな」ドモ・ソクラトがぐもっ

た声でコメントする。

アトランは青い壁を見つめてうなずいた。

「今回は時間だけの転移らしい。それで充分というより、このほうがずっといい。すくなくとも制御センターに近いから……できるだけ早くそこに行って行動を起こさなければならない。サイバネティクスとサイバーモジュールの反抗をおさえ、重力工場全体が塵埃と化すのを防ぐために」

かれはトゥルグに向かい、

「大駆除者に交信できるか？」と、訊く。

「命令さえしてもらえば」駆除者が応じる。

「よし」と、アルコン人。「制御センターに着いてからだ。ヴロトの協力者たちと駆除部隊のあいだに和平を樹立できればいいんだが」

「和平！」ソクラトがくりかえす。「それは悪くないが、ほんのすこしでいいから暴《あば》れたいものだ」

「ここではだめだ！」アトランはきっぱりといってから、思わず笑い、「だが遺憾ながら、大気工場では暴れてもよさそうだぞ」と、いいそえた。

＊

カグラマス・ヴロトは、秘密の通廊の階段に足を踏み入れようとしたとき、やかましい腹だたしげな息の音に思わず跳びすさった。

フォルデルグリン・カルトはすでに三段めに浮遊したところで、鳩の鳴き声に似た音を聞きとった。

「〝かれ〟のサイロトロン搬送体のフラバトだ。訪問客を連れてくると、いつも息音をたてる。それが通常の反応だから、フラバトとクッセが忠実であることが期待できるというもの。さ、おちついて先に進もう、カグラマス・ヴロト！　かれらが嚙みつくことはないと保証する」

ヴロトは複雑な思いでしたがった。同僚の私有サイバネティクス二体はすでに目にしたことがあるし、前回のサイロトロン搬送体コンテストの優勝者であることも知っている。それなのに、わけもなく好ましくない印象を受けた。

まもなく制御センター下部にある倉庫ホールに着いた。フラバトとクッセがカルトにまとわりついて奇妙な音声を発するようすを、ヴロトは嫌悪の思いで眺める。サイバネティクス二体がこちらにもきて、自分の脚にからだをこすりつけると、硬直した。サイランを着用しているのに肌に触れられたように感じ、かれらの毛皮から火花が飛ぶのが見えた気がした。

「かれらに問題はない」カルトが説明する。「お気に召さないようだな。表情豊かな目と、それぞれ異なる縞の毛皮が美しいと思うんだが」

「それぞれ異なる？」ヴロトはむっとしていった。「違いはないように見えるが」

「フラバトはグリーンと赤の縞だし、クッセは赤とグリーンの縞ではないか」カルトが答えた。

「赤とグリーン、グリーンと赤！」ヴロトが声を高めた。「いったいどこが違うんだ、親愛なるフォルデルグリン・カルト？」

「ニュアンスがわからないのですね！」フラバトが息音まじりにいうと、

「それはどうでもいいこと！」クッセが猫のような声をたて、大きな黄色い目で主人をじっと見つめた。「危険を感じます。外でとんでもない脅威が起こっています」

「大変な事態です！」フラバトは息音をたて、黒い目でヴロトを凝視する。「あなたはフォルデルグリン・カルトを助けるべきです！」

「もちろん。そのためにきたんだから」ヴロトは説明し、カルトに向きなおると、「卵を出させてはどうか？」

「卵？」カルトは不思議そうに訊きかえしてから、愉快そうに鼻息をたて、「なるほど、マルチ制御装置のことか！　あれを出させる必要はもうない。フラバトとクッセが、卵を産むのは自分たちの性質に反すると明らかにしたので」

「性質に反するとは！　かれらはサイバネティクスではないか」ヴロトが嘲笑ぎみにい

うと、

「しかし、モデルとなった動物の特徴を模倣しているからな」カルトが説明する。「マルチ制御装置については、分配してこの二体に組みこんだ。それ以降、かれらは制御フィールド・エネルギーを放射するようになり、それを〝かれ〟が思考命令によって受けとっている。これは古いやり方にくらべてメリットが多い」

「そうだろうな」ヴロトは融和的に応じる。

「危険が迫っています！」フラバトがいかにも厚かましい息音をたてた。

「制御センターへ！」と、カルトが命令。

二サイロトロン搬送体は一瞬のうちにヴロトの脚からはなれて倉庫を出ると、非常に古く薄暗いらせん階段をのぼりはじめた。カルトがそのあとを追い……ヴロトもすぐに決意して飛翔装置をオンにした。

ヴロトの重力工場のものと瓜ふたつである制御センターに到達したとき、二名は最初、驚愕のあまりパッシヴ体をとりそうになった。警報装置すべてが危険度最高をしめしているばかりか……ドーム状フォーム・エネルギーの外側には多数の暴徒サイバネティクスとサイバーモジュールが、まさに海のように押しよせてくる。いまも忠実な少数のサイバネティクスがかろうじて押しとどめているが、その数はしだいに減っていく。

反乱分子は、手に入る武器すべてを使って攻撃してきた。発射されるビームにまじって轟音《ごうおん》や起爆音が聞こえ……両陣営の戦士が絶え間なく爆発し、燃焼する。

「もうおしまいだ！」ヴロトが声にならない声でいった。

＊

フォルデルグリン・カルトは完全なパニック状態で金切り声をあげ、あてもなく制御コンソールのあいだをうろうろした。二サイロトロン搬送体が制御センター内を狂ったように走りまわっているのも、見えていないらしい。

ヴロトは、フラバトとクッセが制御フィールド・エネルギーを放射するのを感じた。同僚にかわってそれを処理しようと試みる。なによりも大型通信設備を作動させて、帝国内のほかのジャシシェムに救助をもとめたいと考えて。だが、自身の制御センターではつねにマルチ制御装置を使うため、この種の制御フィールド・エネルギーの処理には慣れていない。

「フォルデルグリン・カルト！」結局、自身もパニック寸前になり、大声で呼びかけた。

「サイバネティクスの面倒をみて、いいかげん通信装置をオンにしてくれ！」

だが、カルトには聞こえないらしい。相《あ》いかわらず金切り声をたてながら、行きつもどりつして壁の手前を探っている。そのうしろに、カルトの〝秘密地下帝国〟への入口となるかくし階段があるのだ。だが、ジャシシェム二名が制御センターに入ったあと、入ロはふたたび閉ざされている。開くことができるのはカルトだけだが、そのためにはサイロトロン搬送体の放射する制御フィールド・エネルギーが必要で、いまの状態では、それは無理だった。

ヴロトはすっかり絶望した。

制御センターの周囲で荒れ狂う戦闘のせいで不安と驚愕の状態となり、理性を失う寸前なのだ。コンソール上を駆けまわり、カルトに負けじと叫びつづけるサイバネティクス二体が、それに輪をかけた。

ありったけの意志力を使い、かろうじて理性的思考をおのれに強いる。そして、悟った。不慣れなサイバネティクス二体の制御フィールド・エネルギーを使って制御フィールドを形成し、それを適切に利用しようとしても意味がないと……自分には同僚を助けることはできない。

いまや、手動でスイッチ操作するしかあるまい。そのために必要な制御コンソールはすべてそろっている。ただ、ヴロトにはそれらをどうすることもできなかった。サイバーランドの技術は最高度に成熟しているので、記憶にあるかぎり手動操作は不必要なばかりか、忌み嫌われている。おのれの工場の制御センターにおいて、手動操作を採用するほど落ちぶれたジャシェムは一名もいまい……たとえ例外があったとしても、おのれの恥をさらさないために、そのことを口外しないだろう。

その結果として、制御センター内でどのスイッチがほんとうに重要なのか、すくなくともヴロトとカルトは知らなかった。

ヴロトは、おのれの親切心と連帯感を呪った。そのせいで次元トンネルから大気工場に急行し、カルトを支援しようと考えたのだから。アトランと名乗る深淵の騎士のほうがはるかに自制的だった。かれの自己防衛心をうらやましく思う。アトランのように行動していれば、いまごろは自分の工場で心地よく安全にすごしていたはずなのに。

だが、そんなことができるはずはない。ジャシェムであるからには、同胞が助けを必要とすれば、かならず助けなければならない。そして、カルトは助けを必要としている。

でも、かれの窮状を知らなかったらどうだろう？　ヴロトは自問した。これまで救難信号は受けとっていないから、本来なら知ることはなかったはず。ひとえに次元トンネルのせいでこの状態におちいった。構築したのがだれであろうと、わたしが死ぬのはそいつの責任だ。わたしがこの誘惑に抵抗できないことを知っていたはずだから。

耳をつんざくほど鋭くうるさい発射音がして、ヴロトは現実逃避の放心状態から引きもどされた。狩りたてられた動物さながらに、センサー・クリスタルを揺らめかせながら周囲を見つめる。

悲劇の最終シーンが迫りつつあることが認識された。反乱を起こしたサイバネティクスとサイバーモジュールは、制御センターをかこむ包囲リングを縮め、さらにはげしく発射してくる。

防衛側は、おのれの身をかえりみることなく戦っている。サイバネティク構造体なのだから当然だ。しかし、防衛ラインはしだいにまばらになっていく。防衛側の二体から炎があがり、その場所のラインが崩壊した。

「隙間を埋めろ！」ヴロトが声を張りあげた。外の戦士たちに聞こえていないことは頭にない。

ほんとうにそう意図したわけではなく、気持ちをしずめようとしたのだ。それでも、防衛側がすぐに隙間を埋めるはずだと当然のように期待していた。

それもやはり実行されないとわかったとき、驚愕でからだが硬直した。いまや防衛側の予備戦士は完全に底をつき、隙間を埋めることはできない。防衛ラインは破れ、もはや修復不能だった。

攻撃者のほうも状況を把握し、さっきまで防衛ラインにいたサイバネティクス二体の赤熱《せきねつ》する残骸に向かってデトネーターや分子破壊銃を発射しはじめた。こうして障害物がとりのぞかれたら、反乱分子はたちまち隙間に押し入り、制御センターへの入口に到達してしまう。

ヴロトは同僚に駆けより、かれのサイランをこぶしで殴った。

「かれらがくるぞ！」と、ヒステリックにどなる。「侵入してきたら、殺される！」

フォルデルグリン・カルトはわれに返ったらしく、上半身が震えだした。

「フラバト！　クッセ！」あえぎながら呼びかける。

サイバネティクス二体はこれを一種の命令として受けとめたらしく、コンソール上を狂ったように駆けまわるのをやめた。制御センター中央に数秒立ちどまってから、悲痛な鳴き声を発して透明な反重力シャフトに駆けこむ。シャフトはフォーム・エネルギー泡中心にある円盤形の突出部に通じている。

その意図をヴロトが理解するより先に、二体は反重力シャフトを出てフォーム・エネルギーからなる搬送ベルトに跳び乗った。それは、制御センターのすみにある兵器ドームに通じている。

一瞬、サイバネティクスが兵器ドームの六次元ブラスターで攻撃者を撃つという幻影をいだいた。ところが、六次元ブラスターは溶けて無形の塊りになり、兵器ドームは爆破されていた。当然のことながら、反抗分子は制御センター侵入の最初の作戦で六次元ブラスターを砲撃し作動停止させたのだ。そうしなければ手痛い大損害を引き起こしただろう。

フラバトとクッセは、兵器ドームのぎざぎざした穴を躊躇《ちゅうちょ》なく通過すると、尾をぴんと立てて防衛者から防衛者へと移動していく。最後に防衛ラインの隙間までくると、大きくジャンプして制御センターをつつむフォーム・エネルギーのカバーに乗った。次の攻撃者に視線を向けて、硬直したように動かない。

攻撃側サイバネティクス一体がふらふらと揺れ、一サイバーモジュールがふいに輪を描きはじめた。

サイロトロン搬送体は、みずから産出する制御フィールド・エネルギーを攻撃者に向けて放射し、その回路を大きく狂わせているのだ。だが、それによってかれら自身も恐ろしい危険にさらされていることに、ヴロトは気がついた。

支障をきたした攻撃者二体がふらふらしながらすこしずつ移動し、ふいに味方に向かって発射する。二体が多数のサイバネティクスおよびサイバーモジュールを破壊したあと、ようやく攻撃者の群れはことのしだいを把握した。

その反応はすばやく過酷なものだった。

故障した攻撃者二体はビーム兵器の集中砲火を受けて燃えあがり、溶解する。そして、両サイロトロン搬送体も一秒後に同じ運命をたどった。フォーム・エネルギー泡外側にのこされた二個の黒いしみだけが、かれらの戦いを物語っている。

カルトのいる方向から鋭い叫び声が聞こえて……そちらに目を向けると、同僚が不定形の黒い存在に姿を変えていくのが見えた。サイランに自動的に形成されたスリットから、無数の触手アームが伸びている。

ふたたびカルトの叫び声が聞こえ、こんどはその内容が理解できた。

「フラバト！　クッセ！　わがサイロトロン搬送体よ！　殺したのはおまえたちだ！　償いはしてもらうぞ！」

カルトはよろよろと半円形の制御コンソールに歩みよった。

ヴロトは最初の瞬間、正気に返った同僚が通信システムで救援をもとめるのかと思ったが、サイバネティクスなしでは無理なのだ。それは本人もよく知っているはず。カルトの精神状態ははかりしれない。

しかし、ヴロトが気づいたときには、同僚は触手アームを振りまわし、大気の微調整スイッチを無差別にたたいていた。ぎょっとして悲鳴をあげる。そのような狂った操作をおこなえば、外で数えきれないほどの惨事が起こりかねない。場合によっては数十億の知性体が命を失うことになる。

ヴロトは同僚に跳びかかり、引きはなそうとした。だが失敗し、逆に制御センターの反対側まで突き飛ばされた。

体勢をたてなおしたとき、カルトは狂気の行為をやめ、クリスタルの目でヴロトを凝視していた。

「これでやつらを揺さぶってやる！」カルトはぶるぶると身を震わせた。

「だが、数十億の命が失われるではないか！」ヴロトはどなりつけた。

カルトはたじろぎ、それから金属的な笑い声をたてた。

「ものすごいショックを受けたんだろう、え?」と、得意げにどなりかえす。それから、声が非難の調子を帯びた。「だがな、思い違いというものだ！　〝かれ〟がおのれに託された深淵種族を死や恐怖におとしいれるとでも思ったか。それほどの狂気におちいることはない。この制御コンソールはジャシェム帝国のみに対応している」

ヴロトは安堵したが、一部分にすぎない。

「それだってひどいことだ」ほとんど声にならない声でいった。「帝国のそこかしこで大気組成と気圧が飛躍的に変化したら、多数のジャシェムや工場にとって終わりを意味するではないか」

そのとき、制御センター周辺で大爆発が起こり、もうもうたる煙に満ちた領域一帯がどぎつい光につつまれた。いちばん遠い位置にいた攻撃者まで爆風に投げ飛ばされてダメージを受け、制御センターも揺れている。どこかで濃縮した水素が発生し、通常の大気の酸素と混合して爆鳴気となり、燃焼する破片が飛来したときに爆発を起こしたのだろう。

フォルデルグリン・カルトは気がふれたような笑い声をたてた。

「われわれが破滅するなら、ほかのジャシェムも破滅するがいい！」かれはしだいに弱まる声で訴えた。「フラバトとクッセが殺されるのを、みんな指をくわえて見ていたんだから……」

「だが、二体はサイバネティクスにすぎないではないか！」ヴロトは叫んだ。「ほかのジャシェムも恐れを知るべきだ」カルトは冷然とつづける。「いや、かれらは生きのびるかもしれない。テクノトリウムが大気工場の異変に気づいて、われわれを救えるなら」声がしだいに弱まっていく。「そうなるとは思わないが」

ぎいぎい、ぱちぱちという音がして、カルトのからだからサイランが飛び散る。カルトははげしく震えながら、しだいに変形していき、とうとう濃紺色のモノリスとなって制御センターの床に横たわった……

7

重力工場の制御センター内部まで聞こえていた戦闘の騒音がやむと、アトランは安堵した。大嵐の稲光を思わせる、エネルギー放出による閃光も消えた。

サイバネティクスとサイバーモジュールは、半時間後にようやく攻撃停止の呼びかけに応じた。かれらの問題は、全員に通用する決定をくだす統率中枢が存在しないことだ。基本的には、五千名からなる駆除部隊の規律正しいふるまいのおかげで、サイバネティクスの戦いにおいて賢明な洞察が勝利したのだった。アトランの最初の呼びかけのあと、かれらは徐々に退却し、味方の破壊が避けられない場合にかぎって発射した。

呼びかけの趣旨は次のとおりである。駆除部隊と重力工場のサイバネティクス監視員は、戦いをやめて条件にしたがうこと。条件とは、不在のジャシェムを訪ねてきた者たちを解放すれば、引きかえに駆除部隊を退却させる、というものだ。

戦闘によって重力工場がすでにこうむった被害にくわえ、駆除部隊がカグラマス・ヴロトの訪問客を解放するためにこれから大々的に介入すれば、さらにそうとうな被害が出るだろう。それを考慮すれば、すでに過去のものである指示に固執《こしつ》して抵抗と戦うより、訪問客を解放するほうが主人のためだということを、サイバネティクスとサイバーモジュールは結局は認めないわけにいかなかった。

「みごとでしたね」通信装置からジェン・サリクが告げた。

アトランはにんまりして、

「かつての政務大提督であるアルコン人お得意の両刀戦術だ」と、応じる。「戦いをちらつかせながら和平を提案し、相手にジョーカーを引かせる」

サリクは笑った。

「重要なのは、結果的に和平が得られたこと。もうここは問題がありませんから、われわれはこれから制御センターに向かいます」

「よかろう」アトランが応じる。「ソクラテスとトゥルグという名の駆除者、もちろんわたしも、ここできみたちを待つ。それからすぐに前進し、ヴロトの重力工場とカルトの大気工場のあいだで五千名の駆除部隊に合流する」

「なんて名ですか?」と、サリクが訊いた。「カルト? それなら、大気をもうすこしあたためてほしいものだ。まったくここは寒《カルト》いから」

アルコン人はわざとらしく笑った。テラナーおきまりの陳腐なジョークだと思ったのだ。

「実際、ここの気温はかなり低い、アトラン」テングリ・レトスが口をさしはさむ。「なおも低下しつづけている。それに、修理ホールの外で極度な乱気流が計測された」

「シベリア狼の遠吠えのように風がうなっています」サリクがいった。

「おそらく大気工場が大変な事態になっているのだろう」アトランが応じる。「大気コントロールが操作されれば、どのような結果を招くか想像もつかない大惨事となる。急いでくれ！」

「ここは摂氏マイナス十七度」サリクが説明する。「外ではハリケーンが荒れ狂っています。テングリとわたしは問題ありませんが、つむじ風とクリオにはティランのような防護服がないので」

「クリオなら、自身とつむじ風のために防護服をつくれるだろう！」アトランはとげとげしい声でいってから、間が悪そうに咳ばらいして、「すまない。だが、クリオは自身とつむじ風に手を貸すべきだ。いまのところ、ほかの可能性は思いつかないし……天気が好転するのを待つわけにはいかない。われわれが大気工場において介入しないかぎり、好転することはないと思われる」

「クリオがいうには、駆除者のコンビネーションをもとにして、自身とアバカーの防護服をつくってみるそうだ」レトスが報告する。「頭のなかにモデルがあると」

アトランは安堵した。

「彼女ならできる。だが、ここでも変化が起こっているようだ。外側マイクロフォンから突風のうなりが聞こえてくる」

「メタンだ！」ドモ・ソクラトが大声でいった。

「え？」アトランが困惑して訊きかえす。

「外で巨大なメタン集積物が三個、形成された」ハルト人が答える。「わたしのコンビ探知機がここからでも認識できるほど強力なものだ」

「メタン？」アトランは驚愕し、おうむがえしにいった。「見通しは暗いな」

アトランは大型通信設備に向かった。工場のサイバネティクス監視員と駆除部隊に、あらたな困難について伝えなければならない。しかし、そこに到達することはなかった。制御センターの間近で爆発が起こったのだ。おそらく、メタンと大気中の酸素からなる混合ガスに引火したのだろう。制御センターはぐらぐら振動したが、フォーム・エネルギー・カバーは持ちこたえた。爆発によって表面の数平方メートルが黒ずんだだけだ。

「まさにお先真っ暗だな」アルコン人は皮肉をこめていい、奮起して通信設備に到達した。

ソクラトは声高に笑ったが、アトランの強い否定の合図を見て自制する。アトランが装置をオンにするあいだに、はるかかなたで第二の爆発が起こった。

「重力工場のサイバネティクスおよび駆除部隊に告ぐ！」アルコン人が呼びかける。

「こちら、ふたたびアトランだ。観察されるネガティヴな大気現象のもとは、フォルデルグリン・カルトの大気工場である可能性がきわめて高い。つまり、ふたたび戦いを開始する理由はすこしもない。受信者全員に告ぐ。被害防止のため、たがいに協力すること。ただし、もっとも重要なのは、駆除部隊とヴロトの訪問客が一刻も早く大気工場に到達して秩序をとりもどすことだ。以上」

通信装置を切りながら、はっとして周囲を見た。アルミフォイルをまるめるような、かさかさという音がしたからだ。音は引きつづき聞こえてくる。しかし、どこからくるのか……探知機と測定装置の表示を見るまでわからなかった。

「局所的な高圧ゾーンだ」かれは、確認していった。「テラの計測法で七気圧弱」

「ということは、物音はこの天井から発しているのか？」と、ハルト人。

「気圧がさらに上昇すれば、頭の上に落ちてくるかもしれない」アトランが応じる。

「それはまずないでしょう」トゥルグは否定した。

アトランはうなずき、

「そのとおりだ、白い巨人。すくなくとも空間的に限定された高圧ゾーンを維持することはできない。既知の自然法則によって、空気はつねに気圧の高い地域から低い地域へと流れるから、すみやかに平均化する」

「それでハリケーンが起こるわけだ」ハルト人がいいそえる。

「話はわれわれも聞きました」ジェン・サリクが交信してきた。「こちらでは嵐はおさまったものの、温度がマイナス四十二度までさがりました。つむじ風はテングリの防護服にかくまわれていますが、クリオは極寒にさらされ……まだコンビネーションをつくることができずにいます」

「おろかなことだ」と、アトラン。

「いずれあたたかくなるだろう」レトス＝テラクドシャンが口をさしはさむ。「おそらく、ここのサイバネティクスの救助活動によって……」

なにかをたたきつけるような音がして、レトスの言葉がとまった。ヘルメット・テレカムから発するらしい。アトランは、塩分をふくむ分泌物が目から落ち、頬を伝うのを感じた。アルコン人の驚愕と興奮のあらわれだ。

「テングリ？」マイクロフォンに向かって呼びかける。「ジェン？　可能ならば応答せよ！」

「不可能ならば応答できまい！」ドモ・ソクラトが浮かれぎみに高い声でいった。

「笑う理由などない」アルコン人は冷ややかに応じる。「修理ホールではげしい爆発が起こったのだ。われわれの仲間がみな命を落としたかもしれない……それなのに、ちいさな言葉のあやをちゃかすとは」

「すまない」ハルト人は深く悔いたようすでいった。「なにがあったのか、見てこようか？　われわれのなかでは、わたしがいちばん頑丈だと思う」

「ティランがあるので、わたしだってどこにでも行ける」アトランが応じた。「まもなく連絡がなければ……」

「それにはおよばない！」通信装置からレトスの声が響いた。いつもどおり、平静そのものだ。「修理ホールのそばでガス爆発が起こり、ホールが崩壊したのだ。ジェンとクリオが破片に埋もれ、クリオの命がとりわけ案じられたが、二名とも救出した。ジェンがすみやかに彼女の上に身を投げ、防護バリアを作動させたのだ。コンビネーションはまだできていないが、たったいまサイバネティクスがあらわれて、飛行用サイバーモジュールを提供してくれた。われわれ、数分後に制御センターに着く」

「ようやくいい知らせだな！」アトランは安堵したのもつかのま、思わず身をかがめた。フォーム・エネルギー・カバーのぱりぱりという音がやかましくなったのだ。「急いでくれ！」

「心配はいらない！」ソクラトが低い声で告げた。「気圧は大きく低下した。いまの音は、カバーがこれまでの重圧から回復しているためだ。すこしも……」ぱりぱりと鋭い音がつづき、ソクラトの言葉はとだえた。

「防護服を閉じろ！」アトランはいい、探知表示を確認する。「外気圧がさらに急低下するようなら、制御センター内の空気を抜く必要がある。さもないと、空気を吹きこみすぎた風船のように、外被が破裂するぞ」

ハルト人は一時的な完全真空も平気だが、それでも耐圧ヘルメットを閉じた。アトランとトゥルグのはすでに閉じてある。アトランはもう一度、ティランのぐあいをポジトロニクスで総チェックした。

さいわい外気圧はそれほど急激に低下しなかったので、制御センターの空気を抜かなくてすんだ。真空化すれば、設備の一部にダメージが生じたかもしれない。気圧は逆に、ほぼ通常値まで上昇した。

数分後、シフト大の鮮やかな赤のサイバーモジュール輸送機が出現。機内からレトスが交信してきた。アトラン、ソクラト、トゥルグは、ヴロトの制御センターを出て輸送機に乗りこみ、サイバーモジュールに操縦をゆだねた。

＊

「じつのところ、あなたたちの低性能な生体視覚器官でも、いまや大気工場が見えるはずです」サイバーモジュールが表明した。

「前面を透明にしてもらえるか？」アトランがたずねた。

返答のかわりにサイバーモジュールの前部三分の一が透明になり……ななめ前方五キロメートルのところに、テラ旧暦二十世紀の大都市を彷彿《ほうふつ》させる〝家並み〟が見えた。

フォルデルグリン・カルトの大気工場だ。だが、真下を見ると、五千名からなる駆除部隊がびっしりと重なり合うように整列している。

それだけではない。

大気工場の左側に、多彩色のほのかな光をはなつ〝壁〟がそびえているのだ。その光景に、アトラン以外の者たちが感嘆の叫びをもらす。アルコン人はこの印象的な様相を、全体像ではないにせよ、すでに次元トンネル内部から目にしていた。それでも、受けた印象は当時に劣らず強い。だが、ジャシェム二名と大気工場の状態が気づかわれ、感嘆の気持ちは薄らいだ。

「大駆除者です！」トゥルグがいった。「攻撃作戦について深淵の騎士と話し合うため、こちらに乗りこんでいいかとたずねてきました」

「コンタクトするまでにずいぶん時間がかかったものだな」サリクがコメントする。

「そもそもコンタクトするかどうか、まず決定しなければならなかったんだろう」テングリ・レトスが応じた。「われわれに死の判決をくだしたのが大駆除者だったことを考えろ。われわれがかれを許し、友とみなしていることを伝えなければならない」

「友だと？」ハルト人が不満を口にする。「まさか。そんなわけはない」

「大駆除者を歓迎する」アトランはトゥルグにいった。「われわれは恨みをいだいていない」

「伝えます」駆除者は約束し、防護服の通信装置に向かった。

アトランは大気工場の方向に目を凝《こ》らしたが、状況を知る手がかりとなる細部は見えない。仲間たちを観察すると、全員いますぐ休養が必要な状態のようだが、それはまだ先だ。重力工場からぶじに脱出してさいわいだったといえるだろう……とくにボンシンとクリオは。二名は大型の多目的背嚢がついた鎖帷子のような白い防護服を着用し、奇妙に見える。そのほかに笏も手にしていた。駆除者の持つ棒状の黒い小型武器を、クリオがなんの苦もなくコピイしたのだ。これをトゥルグも一本、受けとっていた。

　サイバーモジュールが開口部を形成し、大駆除者が入ってくると、アルコン人は立ちあがった。相手が耐圧ヘルメットを開くのを見て、それにならう。

「ようこそ！」大駆除者が口を開く前に呼びかける。「弁明する必要はない。きみにほかの行動をとる可能性がなかったことはわかっている。浄化後のきみの態度はりっぱで、非の打ちどころがなかった」

「あなたの善意はかぎりなく大きい」大駆除者が応じる。小鳥のさえずりに似た甲高い声が、外貌と奇妙といえるほどのコントラストをなしている。「われわれ駆除部隊を兵士に任命していただき、深淵の騎士のかたがたに感謝する」

「この件できみたちを頻繁にわずらわさなくてすむよう願っている」レトスもやはり腰をあげた。「われわれの任務は戦争ではなく、平和なのだ」

「今後、あなたたちが戦う必要はない」大駆除者が応じる。「われわれ、そのためにきたのだから」

レトスが夢想的な笑みを浮かべると、虹彩《こうさい》のグリーンの点と筋がきらりと光った。「戦うのと戦争するのとは、まったく異なる」かすかな強引さを巧みに自制した口調でいった。「われわれはあらゆる戦争に反対だが、われわれの人生は戦うことに定められている。とはいえ、回避する可能性があれば、戦うことはない。つまり、つねに宇宙の安寧への可能性をもとめている」

「それでは、あなたたちの兵士であるわれわれ駆除者も、ひとえに安寧のために戦う」大駆除者はきっぱりといった。「反抗的サイバネティクスおよびサイバーモジュールすべてを確実に破壊する攻撃プランを、わたしのほうで作成した。提示してよろしいかな？」

レトスの目にあきらめの表情が浮かんだのを見て、アトランはひそかに笑った。過去数千年にわたって無数の知性体がそうしてきたように、大駆除者もまた徹底的に誤解している。レトスにはけっして理解できないだろうが、とくに宇宙航行する諸種族のあいだでは、こうした攻撃性が見られることは非常に多いのだ。おのれの種族が宇宙勢力への発展途上にある……あるいは、あった……者なら、理解できるかもしれない。とはいえ、その者がこれについて熟考する可能性を利用したとしても、このケースはやはり例外だろう。

「われわれの敵はマシンにすぎない」ドモ・ソクラトが口をさしはさむ。「ならば強硬な手を打っていいと思う」

「サイバネティクスおよびサイバーモジュールは、工場長の腕と同じ」輸送機がさとす。「かれらを傷つければ、かれらの主人を傷つけることになります」

「そのとおり」アトランが肯定する。「われわれの戦術としては、カグラマス・ヴロトとフォルデルグリン・カルトを解放し、大気工場の機能を平常化する……できるかぎり武力を使わずに。ただし、どうしても武力行使が避けられない場合には、持続的な効果が得られるよう、きびしい処置をとらなければならない」

アトランはレトスに問いかけのまなざしを向ける。

レトスはかすかな笑みを浮かべた。

「わたしがいまもただのテングリ・レトスであれば、きみの提案を拒否しただろう。だが、テラク・テラクドシャンの意識と合体して以来、わたしのメンタリティはかれのものでもある。つまり、ふたつのメンタリティの統合であり……かれの部分を通して、武力行使はわたしにとってタブーではなくなった。きみの外科的戦術に同意する、アトラン」

「わたしも」と、ジェン・サリク。

「どう思うか？」アトランは大駆除者に向きなおる。

「わたしはあなたたちの従者」と、相手が応じた。「あなたたちが意志を表明したからには、それはわたしにとって絶対にしたがうべき命令だ。感謝する。わが部隊の先頭にもどってよろしいか？　よければ、トゥルグを連絡役としてここにのこそう」

「わかった！」アトランが応じる。「それでは、大気工場の制御センターで」

大駆除者が飛び去ると、輸送機が問いかけてきた。

「どこかで降ろしましょうか？」

「わたしは工場のまんなかのどこかで！」ソクラトが熱意をこめてたのんだ。

アトランはかぶりを振りながら、駆除部隊が攻撃準備を展開するようすを眺めた。

「きみの高い戦闘機能はわれわれにとり必要なもの。だが、〝どこか〟ではなく制御センターでだ」と、伝える。「われわれがすぐにも介入しなければ、ジャシェム二名は敗北する恐れがある。そこでわたしの提案だが、つむじ風に二段階のテレポーテーションで制御センターに連れていってもらい、輸送機はいわば作戦基地として、その上空をできるだけ高位置で旋回する。それでどうか、つむじ風？」

「ぼくに訊く必要はないと思うけど」若いアバカーが応じた。

「あるとも」と、アトラン。

「わかった！　もちろん、それでいいよ。最初はだれを連れてく？」

「当然、わたしと……」アルコン人はいい、ハルト人のようすを眺めた。早く出動したいもどかしさと、手遅れになるのではないかという危惧から、破裂寸前の状態だ。「テングリだ。かれがそう望むなら……」

ドモ・ソクラトは両側眼を燃えるような赤に光らせ、四つの手で咽頭《いんとう》を押さえている。

「あと、もちろんソクラテスを」アトランはいいかけた言葉を終わらせた。

ハルト人が駆けよって抱擁しようとするのを、間一髪でよける。あやうく打ち砕かれるところだった。ソクラトは音をたてて輸送機の内壁にぶちあたり、もどってきたときにはずっとおだやかになっていた。

「準備完了！」アトランが下方に目をやると、駆除者の先遣隊が五グループ、工場に侵入していく。「作戦開始だ！」

8

ボンシンは、アトラン、レトス＝テラクドシャン、ドモ・ソクラトとともにフォルデルグリン・カルトの制御センター内に実体化すると、申し合わせたとおり、すぐさまテレポーテーションで輸送機にもどった。

戦士として経験豊富なアトランは、じっくりと観察するまでもなく、ほぼ絶望的な状況であることを即座に看取した。フォーム・エネルギー泡の外におびただしい数の反抗的サイバネティクスおよびサイバーモジュールが押しかけている。まだ外にいるのは、フォーム・エネルギー・カバーを破壊しなければ侵入できないからにすぎまい……かれらは、大気工場の設備をわずかでもいいからできるだけ維持したいという共通意志で動いているように見える。

それでも、テラ製ロボットに見えなくもない小型サイバネティクス十体ほどが、破裂した兵器ドームを抜けて、フォーム・エネルギー泡のへりをのぼっていく。フォーム・エネルギーからなる搬送ベルトが反対方向に作動しているため、脚を回転させて苦闘している。かれらが搬送ベルトを破壊して停止させないかぎり、さしせまった危険はなさそうだ。

　そこでアトランは、カグラマス・ヴロトだとわかったジャシェムのほうに向いた。フォルデルグリン・カルトはどこにも見えない。半円形の制御コンソールのそばに、高さ五メートル近くある濃紺色の岩塊が転がっているだけだ。

　ボンシンがジェン・サリク、クリオ、トゥルグを連れてふたたび実体化したとき、アトランは一時的にソクラトの姿を見失った。次に見えたとき、ハルト人はフォーム・エネルギー泡の円盤形突出部にいた。侵入してきたサイバネティクスを、分子破壊モードにセットしたコンビ銃で撃っている。相手が迎撃すると、ソクラトの防御バリアがときどきぱちぱちと光るが、本人は気にとめていない。すでにサイバネティクス二体が戦闘不能になり、かれが陣地を守りぬくことは確実に思われた。

　しかし、あいにくほかの反乱分子もそう状況判断したらしく、フォーム・エネルギー泡にダメージをあたえまいとの配慮を捨てて問題を解決することにしたようだ。細いが非常に鋭い光をはなつビームの束が、フォーム・エネルギー泡を攻撃してきた。

　カグラマス・ヴロトはわけがわからないようすで、すっかり意気消沈していたが、救援が到着するとすみやかに回復した。いかにも傲慢な姿勢でアトランの前に立つと、

「これがあなたの持つ全勢力なのか、深淵の騎士？」と、見くだす口調でたずねた。

「われわれは竜の頭にすぎない」アルコン人は冷ややかに応じる。「外では、五千名からなる駆除部隊がサイバネティクス反乱分子を相手に戦うことになっている。結果として、大気工場の建物が数棟のこることを願うばかりだ」

「建物数棟だと！」ヴロトは憤慨して声を張りあげた。「工場を破壊することなく、反乱分子を打ち負かしてもらおう！」

「ならば、いいかげんわれわれに協力することだ。きみもフォルデルグリン・カルトも。同僚はどこにいる？　死んだのか、どこかにもぐりこんだのか？」

「有徳の士フォルデルグリン・カルトは、パッシヴ体となって再生しながら諸問題を再考している」ヴロトは横柄な態度でモノリスをしめした。

　モノリスの表面が波打っている。それを見て、ジャシェムの口調に対するアトランの怒りは消えた。

「あれがフォルデルグリン・カルトか？」すでにわかっていることを確認する。

「そのパッシヴ体だ」ヴロトはいいそえた。「わたしの認識によると、ありがたくもアクティヴ体にもどろうとするところ。転換が完了するまで、なにがあっても話しかけないように」

「ほんと、むかつくな！」ボンシンは不満そうにいい、レトスに向きなおった。「あいつのサイランの下にちょっくら火をつけていい、わが騎士？」

「とんでもない」レトスが応じる。「テクノトールには配慮してやらなければ。かれのおろかさに対してつける薬はどこにもない」

「なんだと？」と、ジャシェムがどなり、レトスに襲いかかろうとしたまさにそのとき、かれは悲鳴をあげて床の上で向きを変えた。サイランの表面に揺れる炎を必死でもみ消そうとしている。

「つむじ風！」レトスがきびしい口調で呼ぶ。

「もういいかな」若いアバカーはいい、耳を垂らす。「この人、ものすごく失礼なんで、こらえられなくて」

ヴロトのサイランに燃える炎は瞬時に消滅した。ジャシェムは身を起こしたものの、レトスに近よろうとはしない。

「和平を！」アトランは片手をあげてたしなめた。「喧嘩をしているひまはない。外でなにが起こっているか、見るがいい」

すぐに騒ぎはおさまり、アトランの仲間たちとヴロトはしめされた方向に目を向けた……ソクラトだけは、侵入してきたサイバネティクスとなおも戦っているが。

大気工場上空のもうもうたる煙は流れ去り、視界は前と同様に鮮明だ。制御センターから数百メートルはなれた周囲一帯に、駆除部隊が複数のグループに分かれて存在するのがくっきりと見えた。建物の屋根のすぐ上を浮遊しているが、動けずにいる。

「わが工場が！」カグラマス・ヴロトが吐息をもらす。「だれかが工場のコントロールを奪い、サイバーランドの重力を操作している。もはや万事休すだ」

かれのいわんとすることをアトランは理解したが、重力工場のサイバネティクスやサイバーモジュールがこれほど急速に蜂起するとは想像できなかった。

「かれら、重力フィールドに拘束されるでしょう」トゥルグが指摘した。駆除者五千名のことをいっているのだ。

ヴロトは、ヒューマノイドに変身する途中のカルトに向かい、

「きみの責任だ！」と、どなりつけた。「きみが大気コントロールを操作しなければ、だれかがわが工場の制御センターに侵入することも、駆除者を重力フィールドで拘束することもなかったはず」

ぱりぱりという鋭い音がして、全員が上を見ると、フォーム・エネルギー泡をビーム束で攻撃中のサイバネティクスが、まさに最初の成功を遂げようとしていた。細い線状の炎が、カバーの内側表面を左から右へとはしる。だが、それだけではなかった。駆除部隊に抵抗するために制御センターを退去していた無数のサイバネティクスとサイバーモジュールが、あらためて接近してきたのだ。かれらの支援によって、ほかの反乱分子はまもなく制御センターを乗っとるか、あるいは破壊するだろう。

「非常口はないのか？」と、レトス＝テラクドシャン。

「ある」フォルデルグリン・カルトが応じた。「すでに秘密のドアを開こうとしたのだ。だが、どこからか強力な重力フィールドが反対側に展開されるため、開かなかった」

「つむじ風?」サリクが呼びかける。

「超能力がいきなり使えなくなっちゃった」アバカーはすっかりしょげている。

そのとき、フォーム・エネルギー泡の円盤形突出部がはげしい音をたてて爆発した。ドモ・ソクラトは床に投げ飛ばされ、放心状態で横たわっている。ロボットに似たサイバネティクスが円盤を破壊したのだ。だが、みずからの道も遮断されたため、この成功を役だてることはできない。とはいえ、制御センター内に閉じこめられた者たちにとってはわずかの猶予が得られたにすぎなかった。

〈おろか者!〉アトランの論理セクターが激怒して語りかけてきた。〈なんでもかんでも首を突っこまなければ気がすまないのか? こんな場所で終わりがくるとは思わなかった。だが、そうなるのだ〉

アトランは怒りにまかせて笑い声をあげ……サリクに跳びかかった。非常に明るいエネルギー・ビームがフォーム・エネルギー・カバーを貫き、まさにテラナーを焼き焦《こ》がすかに思われたのだ。

男二名は床に倒れた。エネルギー・ビームは鋭い音をたて、サリクがいましがた立っていた床に穴をうがった。

アルコン人は跳ね起き、武器を作動させた。フォーム・エネルギー泡のはしの、灼熱する隙間に狙いを定める。死ぬ瞬間まで戦いぬく覚悟だ。周囲のすべては凝りかたまったように動かない。

そのときだ。制御センター中央に、絹のように繊細な繭状のヴェールがふいに出現し、はげしく脈動した……どうやら、すでにおなじみの黒い漏斗二個を持つ蜂蜜色の台座を吐きだすらしい。もちろん、小山のような毛皮生物もいっしょに。

いや、今回はどこかが違っている。

アトランはヒュプノにかかった思いで、銀色にきらめくクリスタル塊を見つめた……完全に無光の空間を背景に存在する、遠方の球状星団に似た輝きを、それまでにないほど強く意識して。

思考が頭からはなれ、まったくコントロールできなくなる……それをふたたびとらえて自制をとりもどしたとき、片方の黒い漏斗のなかにクリスタル塊はなくなり、かわりに、驚くほどよく似たクリスタルがヴロトの漆黒の目のなかに見えた。

特徴的な爆音がとどろき、空中から黒や蜂蜜色の破片が雨のように降ってきた。

アトランはヴロトの目から視線をそらした。からだがぐらついたが、持ちこたえてあたりを見まわす。

周囲一帯にあるのは万華鏡《まんげきょう》のようにめまぐるしく変化する三次元映像ばかりで、なにひとつ細部をとらえることができない。カグラマス・ヴロトもいつのまにか消え……ジャト＝ジャトの姿も見えない。

またしてもからだがぐらつく。目眩《めまい》はひどくなる一方で、おさえるすべがない。目の前が真っ暗になり、底なしに思われる深みに落下していった……

＊

「ああ、やっと気がついた！」だれかがいった。

アトランは気にかけないことにした。いまはただ、そっとしておいてもらいたい。

声の主がテングリ・レトスであることは、すぐにわかった。

〈テングリ・レトス＝テラクドシャンだ！〉論理セクターが訂正する。

〈どちらでもいいではないか……この状況では！〉思考で応じ、目を開く。

予想したとおり、かれは背中を壁にもたせて床にすわっていた……目の前にレトスがひざまずき、謎めいた目でこちらを見ている。

周囲のようすが徐々に認識できた。そこはジャシェムの制御センター内で、仲間たちの姿も見える……ジェン・サリク、クリオ、ボンシン、ドモ・ソクラト。みなショックの余波と戦っているようだが、自分ほどダメージを受けていないらしい。

「なにがあった？」かれは、自分を鼓舞してたずねた。

「われわれのために、おのれを犠牲にしたのだ」だれかが答えた。姿は見えなくても、カグラマス・ヴロトの声だとわかった。顔を向けると、相手もこちらを見ている。ヴロトは床に膝をつき、そこにうっすらと積もった細かい破片を両手でぬぐった。

「だれが、おのれを犠牲にした?」アトランはたずね……同時に答えを知った。のこりの記憶をとりもどしたから。「ジャト＝イオタか!」と、悲痛な思いでささやく。「かれはいったいなにを?」

「時間を操作した」と、レトス。「きみたちにはよく見えなかっただろう。ジャト＝ジャトが装置に負担をかけすぎて、マルチ重層ショックが生じたので。それによる第一の結果は、ある一定期間だけだが大気コントロールが操作されないことになった。また、そのおかげでヴロトの重力工場は状況がそれほど混乱しなかったので、操作されずにすんだ」

「第二の結果は?」レトスが言葉を切ると、アトランがたずねた。

「駆除部隊は重力フィールドに拘束されることなく、制御センターを占拠する包囲リングを破りました」こんどはサリクが答えた。

アルコン人が外を見やると、残骸がなおも灼熱し、駆除者が巡回している……フォーム・エネルギーのカバーは無傷だ。

アトランが両手をさしのべると、レトスがつかんで助け起こした。アトランはゆっくりとヴロトに歩みより、隣りに膝をついて、積もった破片を眺める。

「台座と漏斗の破片だ」考えながら口にした。「マルチ重層ショックに耐えられなかったわけか。だが、生命体の遺骸はない」

「有機物は技術設備よりはかないからな」レトスがいった。意味深長なコメントだ。

「かれは、われわれのためにみずからを犠牲にした！」ヴロトが嘆く。

その姿をアトランは横から眺め、

「では、かれは失敗作ではなかったのだな。きみの息子なのか？」

「遺伝的にではないけれど」女玩具職人が口をさしはさむ。

「わたしがつくったんだ」ヴロトが応じる。「技術手段によって自分のレプリカを作成した。だが、パッシヴ体に転換できないという欠陥がひとつあったため、ほんもののジャシェムではなく失敗作となった。廃棄物コンヴァーターに投げこむつもりだった」

「だが、それができず、養育した」と、アルコン人。

「自分で養育したわけではない。一ロボットを作製し、任務を代行させた。それでもなお、わたしはかれを失敗作とみなし、自分が廃棄物コンヴァーターから救ったことも、ときにはその存在そのものも忘れようとした。かれは何度もこちらの注意を引こうとしたのに、わたしはそのたびにかれの努力を無視した」

「悲劇だな」アトランの声に皮肉の調子はない。「亡《な》くなったのは気の毒だ。かれがわれわれ全員のためにしたことを、わたしはけっして忘れない」それからクリオを見て、「ところで、本人がジャト＝ジャトと名乗ったにもかかわらず、なぜきみはかれをジャト＝イオタと呼んだのかね？　数日前からたずねようと思っていたのだが、その機会がなかった」

「まあ！」玩具職人が叫び声をあげた。「かれ、それをすごく気にしていたのね。だいじなことだと思わなかったから、すぐに話さなかったのだけど。かれの物質の素粒子構造のなかに〝巨峰イオタ〟と呼ばれる存在についての情報がふくまれていたの」

「やはりそうだったのか！」アトランが思わず口にした。「つまり、あの意識集合体がふたたびアクティヴになり、発現に成功したということ！」

「かれのなかにほかの存在が発現したわけではなく、それに関する情報がただふくまれていただけよ」クリオが反論する。「その情報は、あらゆるものが永遠に存在する七次元世界にあった。それをジャト＝イオタの特殊な素粒子構造が、発生プロセスのどこかでとらえて、かれ自身知らないうちに物質のなかに組みこんだんでしょうね」

「それでよかったんだろう」アルコン人は破片の山をしばらく見つめてから、クリオに向かい、「なにかしら再構築できるか？」と、声を落としてたずねた。

「できないわ」玩具職人が応じる。「残念ながら、若がえりプロセスのあいだに、前生命期における記憶の大半は失われてしまうの。わたしがジャト＝イオタの説明にしたがってテンポラル装置をつくったのは、若がえりがはじまる直前のことだった。その記憶もすっかりなくなったわ。困ったことかしら、アトラン？」

アルコン人は深く息を吸いこみ、

「そんなことはない！　正反対だ」と、いくぶんはげしい口調で答えた。

「ジャシェム二名がいません」トゥルグが小鳥のような甲高い声で告げる。

「秘密のドアからこっそりと逃げたな！」ドモ・ソクラトは憤慨してののしった。「ぶん殴ってやる！」

かれは秘密のドアのあった壁に体あたりし……悲鳴をあげてはねかえされた。

「エネルギー・フィールドだ」レトスがコメントする。ソクラトが起きあがり、あらためて壁に突進しようと身がまえるのを見て、「これと戦ってもむだだ」

「かれら、ほんとうにわれわれを見捨てて逃亡したんでしょうか？」サリクが疑問を投げかけた。「わたしには想像できない」

「わたしもだ」と、アトラン。「第一に、かれらは結局われわれでなく自分たちの工場を見捨てたことになる……そんなことをするとは思えない」

「かれらは計算をおこなっているところだ」レトス＝テラクドシャンがいい、ソクラトとクリオの問いかけのまなざしを見て説明する。「わたしのコンビネーションに織りこまれた半有機繊維のネットワークがインパルスを伝えてくるおかげで、ふつうの探知機ではキャッチできないことがらや状況を探知・分析できる」

「つまり、ヴロトとカルトは計算中なのか」アトランは考えを口にした。「何日も前にそうするべきだった。反乱は理由もなく起こりはしない。背景があるはず」

「われわれにも、まもなくわかるかもしれない」と、レトス。「エネルギー・フィールドが消えたぞ」

アトランが向きを変えると、たったいま生じた壁の開口部が目にとまった。

そこから、カグラマス・ヴロトとフォルデルグリン・カルトが制御センターにもどってきた。ヴロトは最後に転換したアクティヴ体のままだが、カルトのほうはなんの特徴もないヒューマノイドの姿をとっている……ただし、巨人といえる大きさだ。いずれにせよ、パッシヴ体の質量に匹敵する大きさがいるのだろう。

ジャシェム二名は無言で数メートル進み、足をとめた。かれらの姿勢から、あきらめの気持ちがうかがえる。

「計算の結果は？」アトランがたずねた。

ヴロトはどんよりと光るクリスタルの目で相手を見てから、

「万事休すだ」陰気な声で応じた。「深淵の息吹《いぶき》が流入してきた。サイバーランドはのみこまれるだろう」

＊

しばらくのあいだ、縫い針が床に落ちただけでも警報のように感じられるほどにしずまりかえっていた。やがて、ハルト人が口を切った。

「深淵の息吹がサイバーランドをのみこむとは！　ばかばかしい！」

「カグラマス・ヴロトのいう〝深淵の息吹〟とは、グレイ作用のことだ」と、レトス。「〝壁〟を見ろ！　もう肉眼でも見えるだろう。安定性を失いつつある」

「見える」ソクラトが両側眼を前に伸ばしていった。「〝壁〟がちかちかしている」

アトランも目を凝らしたが、明滅は知覚できない。もっとも、視力ではハルト人の目にかなわない。ティランに命じて、〝壁〟が大気工場と接する部分の明瞭な探知映像を耐圧ヘルメット内側に投影させると、明滅が確認できた。それ自体は危険はなさそうだが、〝壁〟がその機能で、太古より外部のあらゆるものからサイバーランドを巧みに防御しつづけてきたことを考慮すると、アトランも不安を感じた。

すると、〝壁〟のプロジェクションの一部に、黒いぎざぎざのラインが上から下に向かってはしった。

「構造亀裂です」ティランが音響サーボを通して報告してきた。「かなり前から存在していたはずですが」

「可動サイバネティクスが反乱を起こしたのは、そのせいだったのか」アトランは考えを口にする。

「固定サイバネティクスも、グレイ作用によって異常化しないとはいいきれない」と、レトス。「ほかのものよりいくらか時間がかかるだけだろう」

「だから万事休すといったではないか」ヴロトが説明する。「駆除部隊とジャト＝ジャトの助けによっても、敗北がほんのすこし遅れるだけのこと」

「ほんとうだ。固定エレメントに変化が生じている」と、レトス。「〝壁〟の間近にある建物と装置類が変形していく。プロセスはだんだん速まっている。すべての建物と装置がやられたら、駆除部隊にもなにもできまい」

「〝かれ〟および高潔の士カグラマス・ヴロトに近づかないでもらいたい」フォルデルグリン・カルトがいった。「というのも、〝かれ〟はパッシヴ体となるつもりであり、高潔の士ヴロトもそれにならうと考えられるからだ」

「自分のことを〝かれ〟っていってるのか」ボンシンが驚いてコメントする。

「パッシヴ体になれば敗北するぞ」アトランが警告した。「なぜおのれの工場を救おうとしない？」

「われわれになにができる？」カルトが応じる。

「ジャシェム帝国の司令本部があるだろう。グレイ作用への対抗策を講じるなら、計画や調整はそこでするべきだ……集まるジャシェムの数が多ければ多いほど、勝算は高まるはず」

「すべて徒労に終わるだけだ」ヴロトは気力をなくしている。

アトランは憤慨し、笑い声をたてた。

「傲慢と小心は似合いの組み合わせだな！　きみたちがいともあっさりあきらめるのを、時空エンジニアが見られないのは残念だ。いや、かれらもこれを耳にするだろう」

「まさか！」カルトが苦しげに叫ぶ。「ありえない！　〝かれ〟はそのような恥辱に耐えて生きのびることはできない」どのみち死ぬつもりだったことを、忘れたのだろう。

「時空エンジニアに勝利をわたすわけにはいかないぞ、カグラマス・ヴロト！」

ヴロトがからだを伸ばす。目のクリスタルにふたたび光が宿った。

「ああ、そんなことはできない、フォルデルグリン・カルト」かれは同意をしめし、アルコン人に向きなおった。「工場の地下に、制御センターからのみアクセス可能な一連のマシン室と倉庫ホールがある。そこからなら、大気工場領域を脱出できる」

「それはいい！」アトランは安堵した。「では、司令本部もあるのだな？」

「ある」と、ヴロト。「テクノトリウムといい、ジャシェム帝国の中心にある。深淵作用を抑圧して〝壁〟を再安定化できるとすれば、そこだ」

「急がなければ！」レトスがうながし、〝壁〟と制御センターにはさまれた工場敷地を指さす。

アトランはそちらを見て驚愕した。

グレイ作用によって変形した工場施設内の建物と設備装置が、幅十キロメートルの帯となっていた。変形した物質は高さ五百メートル以上ある波状に盛りあがり、生き物さながらに……もちろん目の錯覚だが……制御センターの方向に移動してくる。途上にある建造物をすべてとらえて統合し、ますます大きくなっていく。

駆除部隊は防衛線を張ることもできない。偵察飛行に切り替え、保護をもとめるように群れをなして制御センターに逃げてくる。

「こちらへ!」カルトがうながし、壁の開口部に急いで入っていく。

「待て!」アトランが呼びとめた。「駆除部隊を連れていかなくては! 第一に、途中で役だつだろうし……第二に、かれらを見捨てるわけにはいかない」

カルトは見るからに気が進まないようすで引きかえした。フォーム・エネルギー泡の開口部を手動操作する方法をすぐに探りだす。直径二百メートルのドームがすこし回転した。一面が上に開いた。

すぐさま、そばにいた駆除者が浮遊しながら入ってきた。その同胞も、もとめられるまでもなくあとにつづく。変形したサイバネティク・エレメントの大波を阻止しようとしてもむだなことはわかっていたから。

ジャシェム二名が制御センターを最終的に去ると、アトランは仲間たちが大気工場地下世界への通廊に入るのを待ってから、あとにつづいた。

開口部からうしろをちらりと見て、戦慄する。大波はすでに八百メートルをこえる高さにそびえ、ますます速度をあげながらすさまじい勢いで近づいてくる。逃げるのがまにあわなかった駆除者数名が、声も音もなく、不気味なシリンダーのなかに消えた。

アルコン人は、向きを変えて開口部内側の階段をおりることができなかった。逃げてくる最初の駆除者にそのまま押されてしまい、気づくより先に勢いよく落下していく。さいわい、けがはなかった。ティランが保護したのと、ソクラトが四本のアームで受けとめてくれたおかげだ。

「感謝する！」と、アトラン。

「礼にはおよばない、わが騎士」ハルト人ががなり声で応じた。「白い巨人たち、すっかりとりみだしているようだな」

アトランはうなずき、飛翔装置をオンにした。逃走してくる駆除者が洪水さながらに階段を流れ落ちていく。

「急いだほうがいい！」アトランがソクラトにいった。「駆除者がこれほど恐れているからには、理由があるはず。この先なにが待ち受けているか、わかったものではない」

「そいつは楽しみだ！」ハルト人が応じる。

アトランは笑った。だが、楽しいどころではない。いましがた、グレイ作用は非常に速く〝壁〟を貫通した。追いこされてしまい、テクノトリウムへの道をふさがれる恐れもある。

グレイ作用が自分たちと駆除部隊をとらえたら……

〈考えすぎないことだ！〉論理セクターが忠告する。

アルコン人はさらに加速して前進しつつ、この忠告にしたがおうとしたが、無理だった……

サイバーランド中枢部

アルント・エルマー

1

〈出発せよ！〉と、強い語気の声がかれの意識内に響く。〈われわれ、きみを深淵の地に送りこむ。そこで周囲を見まわしてからもどり、われわれに報告すること。とてつもなく重要な任務だ。多くのことがそれにかかっている！〉

光がせわしなく回転する。話者はかれを手でつかみ、プシオン性知覚で中身を観察してから思考シグナルで封鎖した。すると、閃光が天に向かってはしり、一様にひろがっていく。明るさが増したと思われたのは錯覚で、エネルギー量が増加したにすぎず、それはべつの場所で同時に消費されるのだが。

〈わたしはなにをすれば？〉かれがやはりテレパシーを使ってたずねた。おのれを〝物体〟であるとみなすその表面が黒くきらめき、至近周囲からすこしだけ光をとりいれる。

〈あらゆるものは光と影からなる〉話者が説明する。〈いまは非常事態にあるわけではないが、われわれの行為をもとにもどせるとわかれば、よりよく対処できるだろう。これより先、きみはわれわれの偵察員となるのだ。行け。きみをはるかかなたのスタルセンに送りこむ。深淵穴の下にある都市については聞いたことがあるはず。深淵リフトの存在についても。行って、深淵穴の封鎖が解かれたかどうか、調べるのだ！〉

〈偵察員？　わかった、偵察しよう。わたしが調べて知らせを持ち帰ったら、どうなる？〉

〈だれも知らない。われわれにとっても、将来の運命は見とおせない光のカバーでかくされている。だが、きみの任務によって、よきにしろ悪《あ》しきにしろ、すくなくとも未来の一部が認識されるだろう〉

〈すぐに出発しよう！〉かれの名前は、ここには存在しない暗闇と同じく特異なものだ。だが、名前は重要ではない。いまや偵察員になったのだから。

〈スタルセンは深淵の地の向かい側に位置する〉話者がつづける。〈道のりは長く、危険をともなう。立ちどまらず進み、変節者たちに注意をはらうこと。かれらはいくらもしないうちにきみの存在を聞き知り、狩りだそうとするだろう。そのため、注意深く行動し、確実に安全でない場所には行ってはならない。深淵作用は危険だ！〉

　偵察員は出発した。グレイ生物にかかわる問題は知っており、おのれの任務もそれと直接関係があると踏んでいた。いまや情報を集める潮時だ。都市スタルセン上方にある深淵穴を話者が強調したからには、問題の本質がなんであるかは明らかというもの。孤立である。かれらはみずから孤立したのだ。これは許しがたい過ちだった。

偵察員は光の地平をはなれ、深淵の地に急いだ。さまざまな地域や地形を最高速で進んでいく。すると、奇妙な行為にいそしむ諸種族が目にとまった。いや、起こっていることすべての背後には意味があるのだ。すべてはある特定の目標をめざしている。

それとも、もう終わったのか？　この展開は逸脱してしまったのか？　時空エンジニアはもはや創造する力を持たないのか？

どうやら、自分の使命には、それまで考えていたより大きな意味があるらしい。スタルセンに早く接近するというのは非常にかんたんな任務だが、目的地における調査は困難をきわめそうだ。

スタルセンには深淵穴に上昇するための深淵リフトがある。リフト乗り場があるのは、都市中心部の深淵学校跡地だ。

これらの情報はすべて、光の地平でアクセスして得たもの。ほかの多数のことと同じく、偵察員としての標準知識だ。だが、都市の住民たちと接触するさいは、多くを明かさないよう気をつけなければなるまい。

過去のどこかですべてが封印されたことについて、時空エンジニアたちは沈黙を守りとおしている。だが、偵察員はときどきうずうずした気持ちになり、かれらの思考交換や会話をはばからずに盗み聞いたもの。かれらは偵察員の存在もその意図も知っていたが、干渉することはなかった。

もしかすると、よりによって自分が任務を受けたのはそのせいかもしれない。好奇心が旺盛すぎたために、いまや光の地平を去ることになったのか。

偵察員は、メタリックブルーの植物におおわれた土地にある、ちいさな丘の上で実体化した。一様に明るく、雲の垂れこめる空は、ほのかな光をすこしだけ反射している。周囲はしずまりかえり、付近に生物は存在しない。転送機ドームの見なれたシルエットが、遠方にそびえている。偵察員はすばやく非実体化し、ドーム内部にまた出現した。

転送機ドームは全機能が作動中だ。生物が存在しないのが驚きで、偵察員は必死になって探した。だが、しばらくすると、そんな些事《さじ》にかかずらってはいられないことに思いいたる。自分には任務があるのだから。

一転送室に足を踏み入れ、ファレン＝デイン領の目的地コードを入力する。最終目的地に到達する前の最後の方位確認ポイントだ。転送機が指示どおりに作動し、偵察員はファレン＝デインの主ドームをはなれた。すると、たちまち空が暗くなり、ファレン＝デインは暗黒につつまれた。

大急ぎで転送室にもどる。

スタルセン！　偵察員は思考を集中した。スタルセンの一転送ゲートにわたしを送りだせ！

なにも起こらない。転送機は反応しない。

暗黒の時がはじまったためだと考え、それが過ぎ去るのを建物内部で待つことにする。このときには好奇心ではちきれそうになっており、任務をあたえてくれた時空エンジニアに感謝していた。納得がいくよう任務をはたし、光の地平に住む諸生物のためになんでもしようと思った。

新しい深淵年がはじまると、あらためて転送室に入り、時空エンジニアの緊急インパルスを放射した。ついに転送機が作動。偵察員は急激に引っ張られ、破壊的な強さで投げかえされた。苦痛をおぼえてメンタル性の悲鳴をあげ、非実体化によってかろうじて破壊をまぬがれると、ファレン＝ディン上空でふたたび実体化。

ぶるぶると震えながら空中を漂う。間一髪で破壊の危機をまぬがれたことがショックで、数時間、行動不能におちいった。転送不能の反動エネルギーにひそむ力は危険で、通常の肉体を持つ生物であれば粉砕されるし、純粋意識なら引き裂かれ、虚無のなかに投げだされるだろう。偵察員のような存在にとっては、実体化能力が奪われることになり、抜け殻しかのこらない。

ショックを克服したとき、計画どおりにいかないことがわかった。転送機は機能しているが、受け入れ部が反応しないようだ。特定のゲートを指定したわけではないのだが。

おのれの判断が正しいことはまちがいない。偵察員は逃げるようにファレン＝デインをはなれ、目的地スタルセンからほど近い場所に実体化した。移動中の家がひとつあり、住民の思考からククパククス種族だと判明。四本脚と八本腕を持ち、その各関節がちいさな脳として機能する生物だ。ククパククスは、肉と筋からなる大きな瘤《こぶ》につつまれた脳の結合体といえるだろう。

かれらの精神は安定しているようだ。

偵察員は、ためしてみることにした。

さいころをかしげたようなかたちの空間内に実体化する。壁はななめで、家のいちばん低い場所がさいころの一角になっていた。壁から長い棒状のものが伸びており、ククパククスたちはそこにとまっている。偵察員の姿を見てもこれといった興味はしめさない。それでも種族の長老が質問を向けてきた。

「きみはスタルセンからきたのかね？」

「ちがう」偵察員が応じる。「だが、その都市について、きみたちからすこし教えてもらいたい！」

ククパククスたちの考えは混乱していたが、どう描写していいかわからない。かれらの思考法は、偵察員になじみのものから逸脱しているからだ。この混乱は深淵作用のせいだろう。すばやく逃亡したほうがいいかもしれない。

「スタルセンはなくなった」長老がいった。「都市はもう存在しないらしい。いたるところに悪がひそんでいる。われわれはまぬがれたが！」

なるほど、それで移動中だったのか。グレイ作用の影響を感じたので、そこから逃げているのだろう。

「感謝する！」偵察員は最後の思考インパルスを送り、あらわれたとき同じ方法で消えた。

スタルセンに近づくにつれ、都市をとりまくグレイ作用が感じられた。そのせいで、だれも深淵定数に達する高さの都市外壁まで近づけない。都市自体はまったく見えず、実体のない外壁だけがそびえている。すべての転送機ドームと都市を結ぶ転送ゲートの輪郭が見えた。スタルセンでは、壁の近くの土地を訪れるにもこれが使われる。

偵察員がそれまで推測していたことは、いまや確実になった。転送ゲートはもはや作動していない。機能停止したのは、周囲一帯にひろがるグレイ作用のせいだと思われる。テレポーテーションを試みたが、予測どおり投げかえされてグレイ領域に着地し、あわてて逃げ去った。

任務は失敗したのだ。

スタルセンにはけっして到達できまい。深淵穴を通過する可能性を探りだすことも、グレイ作用がすでに都市外壁の内側まで達しているかどうかを突きとめることもできない。

地下洞窟！　その考えがふいにひらめき、すぐに実行にうつすことにした。だが、グレイ作用のため、地下でも都市の方向に進むのは不可能だ。断念した偵察員は、すこし上昇して空中に浮遊し、フォーム・エネルギーからなる外壁に感覚を向けた。あの内側にどれだけ多くの種族が住むにせよ、いまではみな囚《とら》われの身なのだ。

すぐさま時空エンジニアに伝えなければ。かれらは、新しい状況に適応した行動をしなければならない！　かれらには知る必要がある！

深淵の孤立は、あらゆる細部において進行しているらしい。スタルセンがやられたいま、いずれ創造の山や光の地平にもおよぶだろう。

恐るべきヴィジョンを急いで意識からはらいのけると、ふたつめの、グレイ作用とそれを支配する者に関する任務が頭に浮かんだ。やはり重要性が高い。せめてこちらの部分は、任務をあたえた者が満足するようにはたしたい。

〝多くのことがそれにかかっている〟と、時空エンジニアからいわれた。正確に観察し、細部をひとつのこらず調査せよという要求だ。緊急度と精密さの妥協点を見つけろという意味でもある。偵察員は、すぐに任務にとりかかった。

最後にもう一度、都市外壁は克服できないという印象をいだき、スタルセンと周囲をかこむグレイ作用をあとにする。非実体化して、深淵の地のなかにある任意の場所に出現。そこを拠点に選んだ。保管係と呼ばれる者が居住するシャツェンの地である。

＊

フルレミン領は飛翔生物イグヴィの住む土地だ。この種族は華奢《きゃしゃ》なからだを帆のように空中に漂わせるが、いつも地面近くを飛んでいる。高度の上限となる深淵定数の危険を知っているからだ。深淵定数のため、霧と雲のひろがる空のかなたは視野がさえぎられている。

偵察員はこの種族を観察して思考を探った。深淵作用のシュプールは見られない。なんの心配もない生活を送り、生命があたえてくれるよろこびを享受しているらしい。

一個体のそばにテレポーテーションする。テレパシーで呼びかけると、イグヴィは振り向いて周囲を見まわした。女だ。偵察員は彼女に追いつき、するりと横にまわった。〈驚くことはない〉思考で語りかける。〈わたしは遠くの地からきた〉

ショルメケル・プラムバシュという名の女イグヴィは、このときはじめてこちらを見た。半透明の翼をたたんで垂直に降下し、地面すれすれで持ちなおすと、あらたな弾《はず》みをつけて上昇し、すぐに速度をとりもどした。

不安をいだいているらしい。偵察員は相手の不安をとりのぞこうとつとめ、その飛行方向にテレポーテーションした。

「わたしは亡霊ではない」と、説明する。「偵察員として、グレイ作用を探している。見たことはあるか？」

女は悪寒《おかん》のような恐怖を感じていた。ぶあつい鱗片《りんぺん》が複眼をおおう。ふたたび目を開いたとき、興奮はややおさまっていた。

「あなたがグレイ作用かと思ったわ」おだやかな思考に似合わない鋭い声だ。「わたしになにをしろというの？」

「なにも。しいていえば、ヒントをひとつもらいたい。この地に深淵作用の中心部はあるか？」

女イグヴィの思考が惨事と悲劇でいっぱいになった。その思考の内部を偵察員は捜索し、本来この種族が持っていた、深淵における任務がわかるものを探す。かつて時空エンジニアが計画を実行していたときの話だ。だが、なにも見つからず、あきらめて主要なことがらに気持ちを向けた。

「われわれが空中だけを飛んでいる場所でシュプールが認識できるわ。ずっと向こうのフルレミンの境界付近では、危険が強大な稜堡《りょうほ》のようにそびえ、同時にわれわれを待ちかまえて、忍びよってくるの。わが種族のうち、空中にとどまれない者や栄養失調の者たちは反対側の境界に逃げたけれど、そこからも最初の数名はもどってきたわ」

「どうして？」偵察員はたずねたが、同時に女イグヴィの思考から答えを読みとり、驚愕した。「すまないが、ここで起こっているプロセスをできるだけくわしく知る必要がある。深淵の地全体にとって重要なんだ」

「なんのために？」

「わたしに任務を授けた者のために。名を明かすことはできないが、創造の山のすぐそばだといわれる場所に、かれらは住んでいる！」

女の思考はこのキイワードに飛びついてこない。創造の山を知らないのだ……偵察員は動揺した。

「時空エンジニアが住む光の地平のことだ」と、告げる。「わたしはそこからきた！」

「よくわからないわ」女は不安そうに応じた。「わたしにどうしろというの？」

翼を動かして突進してきた。偵察員は空中にとどまり、最後の瞬間に身をかわす。相手が襲ってくるのとほぼ同時に、かれは意識内に、引っ張られるような曖昧《あいまい》な感覚をおぼえた。スタルセン周辺で感じたのと同じだ。イグヴィはなおも突きをかけてくる。かれは非実体化し、やや高い位置でふたたび実体化した。上方では感じないが、下方では生命あるもののすべてがグレイ作用に支配されている。

景色が変化しはじめた。やわらかい草地が棘《とげ》だらけの畑になり、木々はおだやかなかたちを失い、いきなりミサイルのようにグレイの空に突出した。イグヴィたちは集まり、ゆっくりと地面に向かっておりていく。かれらの思考を読んだ偵察員は、その変化に愕然とした。

飛翔生物の従順な性質が短時間で失われ、攻撃的になり、たがいに威嚇《いかく》し合っている。だが、やがて飛翔することを忘れ、同じ方向に移動すると決めたらしい。偵察員は適度な高度をたもって追跡していたが、しだいにやる気をなくし、フルレミンのほかの場所を訪れることにした。

そこではグレイ作用がすでにかなり進んでいた。イグヴィたちは長い隊列を組み、ありとあらゆる物体を見つけだしては武器として身につけている。特定の場所に向かっているらしい。不可視に近い偵察員は空中を飛んで先まわりして、目的地と思われる場所に到達した。

それは金属製のドームで、イグヴィの土地ではきわだって異質だった。ドームを見張るのはずんぐりした樽形生物で、金属製の武器を持ち、身長はイグヴィの半分もない。数名が偵察員の存在に気づいて、赤熱《せきねつ》するエネルギー・ビームをはなってきた。かれはすばやいテレポーテーションで回避し、相手の背後の地面すれすれの高さに出現。草のかたい棘がすかさず突き刺してきたが、偵察員の外被はびくともしない。身を低くして慎重にドームに接近し、入口の手前で動きをとめた。

視野に飛翔生物の群れがあらわれ、迷わずドームに向かってくる。樽形生物の指示により、ドームからあらたな武器が供給され、イグヴィたちは興奮して受けとった。

これがはじまりだった。飛翔生物は武装しているが、標的はもちろん同胞ではない。奇襲の準備という印象を受けた。その対象は隣接する領域のいずれかにちがいあるまい。あらゆる感覚を作動させて慎重に調査する偵察員を気にとめる者はない。樽形の見張りが非生物であることは、すぐにわかった。だが、ドーム内にはべつのなにかが存在する。どことなく知っているのに、完全に異質のものが。

長時間が経過したのち、イグヴィのほぼ全員がドーム周辺に集合し、べつのなにかが音もなくひっそりと姿をあらわした。偵察員ははげしくたじろいで非実体化する。それが謎めいたものの注意を惹きつけ、その後はかれがどこかに実体化するたびに、まもなく樽形の見張りが出現した。

謎めいたものに感づかれたことは、いまや明らかだ。相手はこちらの持つオーラに反応している。これは時間がたたないと消えないオーラで、光の地平の住民であるという証《あかし》しだ。相手はそれにアレルギーを持つらしい。

つまり、深淵の地をグレイの国に変えるためならなんでもする変節者のひとりということ。かれらの手法や戦略はまだ知られていない。偵察員はすぐそばにとどまった。捕まりはしない。だが、相手はこちらの存在を感じているはず。ぞっとするようなローブをまとい、フードのなかは霧が湧いているように見えるだけだが、すぐ近くに時空エンジニアがいるのがわかるだろう。

その名はマンデル。ふだんは自分で〝ミスタ・マンデル〟と名乗っているが、樽形の見張りとイグヴィたちにははるかに高い称号で呼ばせている。

〝領主マンデル〟だ。すべてがこれほど目新しいものばかりでなければ……また、自分の観察結果を時空エンジニアがあてにしているのだと、つねに考える必要がなかったならば……それを聞いて偵察員は嘲笑の発作に襲われていただろう。

2

フルジェノス・ラルグの前で、多数のサイバネティクスが聞こえないポジトロン音楽に合わせて踊りながら動きまわっていた。同心円や半球形をつくり、角ばった奇妙な姿が、一見めちゃくちゃなようだが指定されたプランにきっちりとしたがって動いている。

溶岩湖の踊る魚をあらわしているのだと、ジャシェムにはわかった。かれは、エネルギー湖面上方でのショーをもっとよく見るために、微小なサイバーモジュールの集合体であるプラットフォームをすこし下降させた。色彩豊かな空のもとでくりひろげられる色とりどりのパフォーマンスに魅了されていくなかで、動きの背後にかくされたメッセージを理解しようと感覚を研《と》ぎすませる。どこか近くにベショルナー・ポルトがいるはず。テクノロジーが生んだ生命のハプニングを裏で操るのは〝玩具工場〟のテクノトールにちがいないからだ。

サイバーモジュールと同じリズムで動く草が目にとまった。アンテナに似た長い茎がさまざまな音をたてている。そのざわめきのかもしだす和音に刺激され、ラルグは好奇心をそそられると同時に嫌悪をもよおした。すみからすみまでサイバネティクスによって構築されているサイバーランドでは、郷愁の念は禁物《きんもつ》だ。ジャシェム帝国は高度に進化した技術のシンボルそのもの。住民たちはそのかつての偉大さをたえず思い起こし、サイバーランドほど完璧なものはないという意識を目ざめさせる。

フルジェノス・ラルグはからだに開口部を形成し、満足の吐息をもらした。思いなしか、溶岩湖に踊るサイバーモジュールのリズムが反応したような気がする。ラルグはコースを変え、湖の縁に沿ってプラットフォームを進めた。

自分が嫌悪をもよおしたのは〝玩具工場〟という言葉に対してか？　それとも、踊るサイバーモジュールによるショーが、ジャシェムの造形力から生まれたものでない有機生物を思い起こさせたためか？

あるいは、外部からの侵入者のせいか？

温度工場のテクノトールは、テレパシー命令でプラットフォームを操作した。サイバーモジュールがほとんど同時に命令を遂行し、プラットフォームは加速してまっしぐらに目標に向かう。

かれがサイバーランドの司令本部に行くことにしたのは、外部からの侵入者のためだ。カグラマス・ヴロトやフォルデルグリン・カルトと必死で連絡をとろうとしたのに、返事はなかった。テクノトリウムでも事情を知る者はいない。

そして、いまやベショルナー・ポルトもこちらの呼びかけに応えない。

ラルグがアクティヴ体をぶるっと揺すると、プラットフォームのサイバーモジュールがすぐに動きのバランスをたもった。かれは、テクノトリウムをぐるりとかこむ湖水地方のへりに向かって機体を操縦していく。まずは水浴びしてさっぱりし、パワーアップすると決めた。それから帝国中枢を訪れて、起こっている問題の解決に貢献しよう。

そのときだ。乗っていたプラットフォームがふいにかしぎ、ラルグは接点を失った。プラットフォームはななめに落下してサイバネティック表層土に突入し、地面を形成するサイバーモジュールとまじり合う。ラルグは、宙にいた位置からまっさかさまに落下していった。救難信号を出すと、真下の地面がやわらかい絨毯《じゅうたん》となって上昇してくる。トランポリンの感覚でふわりとそこに着地した。すぐに肢を伸ばし、絨毯からおりて、変化しなかった部分の地面に立つ。心は動揺していた。

「〝壁〟にかけて！」思わず口にする。「なにがあった？　深淵のあらゆるものが共謀して〝かれ〟に反抗したのか？」

返事はない。ラルグは、プラットフォームが地面から抜けだしてふたたび使用可能になるのを待った。

「重力欠落です」モジュールが告げ、ラルグはすべてがはじまった瞬間を呪う。用心のため、周辺を飛びまわるサイバーモジュール数体を呼びよせて呼吸マスクを構成させ、ベルトのように腰につけた。これで、呼吸用大気の組成が変化しても保護される。プラットフォームを加速してすみやかに進むと、前方に彩り豊かな最初の湖のへりがあらわれた。

ラルグが指示をあたえると、サイバネティク・プラットフォームはかれを最初の湖の岸におろした。液体フォーム・エネルギーの光が前方から射してくる。かれは、搬送ベルトを形成せよと地面に命じた。地下の一部が前方に動きはじめ、湖のなかほどまでかれのからだを運んでいく。シャワーのような色彩パフォーマンスがかれをつつんだ。未知者なら、極度の精神混乱におちいるかもしれない。

だが、ジャシェムにそれはあてはまらない。フルジェノス・ラルグはパッシヴ体に転換し、なにごともなく湖を運ばれていく。いまのかれは、高さ四メートル半の濃紺色で不定形のモノリスにすぎない。フォーム・エネルギーの波にほんのすこしからだを沈ませ、ジャシェムの栄養素であるエネルギーをむさぼるようにとりこむ。陶酔感に襲われ、目前の問題や深淵の地における謎の出来ごとをしばし忘れた。それどころか、時空エンジニアと不和になった過酷な時期のことすら忘れ、かれの感覚はサイバーランドのきらびやかな色彩パフォーマンスしか感受しない。これはおそらく、宇宙が創造したなかでもっとも完璧なものだ。

〝栄養〟を充分に得られたと感じると、搬送ベルトに湖の外まで運ばせ、ふたたびアクティヴ体に転換した。

プラットフォームに乗り、高速発進する。すぐに前面に透明な防風シールドができ、渦巻く色彩が遠方に見えてきた。そこはサイバーランドの中枢をなしている、活動中の世界だ。サイバネティック設備と、重要な三施設……転送機ドーム、ヴァイタル・エネルギー貯蔵庫、コミュニケーション・センターがそなわる。かれの目的地はコミュニケーション・センターだ。

一パッシヴ体を探知したと、サイバネティクスが合図してきた。それは平原の中央にあり、コンタクトしてみたが、反応はない。ラルグはプラットフォームを上方で旋回させながら、自分になにができるか思案する。ジャシェム全員が自分と同じく、いま起こっている出来ごとにうまく対処できるわけではあるまい。

「ベショルナー・ポルト!」と、呼びかける。「目をさませ! ここにとどまってはいけない!」

空気の変化が感じられた。大気組成が変わるのは、フォルデルグリン・カルトの大気工場が正常に稼働していない明らかなしるしだ。ラルグは呼吸ベルトをオンにし、地面を構成するサイバーモジュールの一部を再構成した。すると、パッシヴ体のジャシェムにダメージをあたえないためのフィルターが作動しはじめる。しかし、重力の一部が欠落したため、フィルターは流されてしまった。

思考がめまぐるしく駆けめぐる。プラットフォーム下層で身をささえながら、複数の応急処置を同時に実行した。プラットフォームが伸びて弓形にたわみ、すこし沈んでモノリスをとらえると、気泡となってつつみこんだ。こうしてできた球状物体の内部で、モノリスは呼吸することができる。サイバネティクスの複合感覚プログラム構造のおかげで、球状物体はパッシヴ体を入れたまま、テクノトリウムに向かって全速力で進んでいく。ラルグは、滑りおちないようひらべったい形状となって上部に横たわった。これで、変化した重力にも左右されずにすむ。

深刻な類《たぐ》いの操作がおこなわれたことは、とっくに見ぬいていた。また、重力工場と大気工場のテクノトールが、トラブルを除去して操作を防ぐことができない状況にあるのは明らかだ。

すみやかに詳細を知る必要がある。ジャシェム帝国の平衡が乱されるのを甘受するわけにはいかない。

ラルグを乗せた奇妙な飛行物体の前に、テクノトリウムがあらわれた。〝壁〟によって遮蔽《しゃへい》された楕円形の敷地は、面積にして百平方キロメートル。構成要素はすべて多種多様なかたちや大きさのサイバーモジュールで、それらが絶え間なく新しい構造物を形成していく。各サイバーモジュール特有の色がそのつど変わるのは、ジャシェム全員が任務の気晴らしをするためだ。いつも工場内にいて、まれにコミュニケーション・センターに集まるテクノトールたちにとり、創造力と知性の集結する帝国中枢部の眺めはそのたびに感動をもたらした。

テクノトリウムは生きている。ドームがひらたい皿状に変化したと思うと、塔や角石がアーチや卵形の宮殿となって地面にひろがる。橋やシャフトはたがいに食いこみ、さいころは押しこまれてピラミッドになり、ともに溶解する。そこから球や、壁と床がななめの非対称建造物が形成されていく。テクノトリウム内部をつなぐ連絡路や道路が跡形もなく消えると、河川が貪欲に地面を占拠し、しばらくのあいだ都市内を流れては、やがてテクノトリウム外部をめぐるもとの水路に押しもどされる。それまでどおりのものはなにもない。

はげしく変化する都市のなかで、変わらず存在するのは司令本部だけだった。そこにそびえるのは安定した建物三棟で、転送機ドームの塔、ヴァイタル・エネルギー貯蔵庫、一さいころの上に鎮座する球形のコミュニケーション・センターだ。これら不動の三点は二等辺三角形をなすが、それらの中間部分はやはりたえず変化していた。意味や目的もわからないキノコに似た建物が地面から生えてくる。

ラルグが知るところでは、建造物を形成するサイバーモジュールはつねに同じ機能をはたし、ジャシェム帝国におけるサイバネティクス存在の一部をなしている。だが、サイバーモジュールのかたちがたえず変化するという事実は、本来の活動に直接作用するわけではない。

そのとき、四方八方から多数のジャシェムが司令本部に向かってくることに気がついた。移動方法は千差万別で、変化しつづける建物のあいだからときどきフェードインのように姿をあらわす。

ラルグは複数ある目のいくつかを、動かない三点のあいだの領域に向けた。すると、バスタブにも見える移動式の輿《こし》が空にのぼっていく。ぼんやりとだが、それを操縦するアクティヴ体が見えた。コミュニケーション・センターより低いところを飛びながら、こちらに近づいてくる。放射能工場のコルヴェンブラク・ナルドだ。

「球を開いてくれ！」ナルドが要求してくる。ラルグはしたがい、ベショルナー・ポルトをパッシヴ体のまま滑らせて輿に落とした。ナルドは輿の方向を変え、コミュニケーション・センターの下にあるさいころ形構造物に急接近していく。すると、貫通不能の壁に開口部ができて、輿はそのなかに消えた。

ラルグはプラットフォームをその名にふさわしいもとのかたちにもどすと、やや高度をさげて一ジャシェムに追いついた。磁場工場のルマンバー・ドラフトだ。翼と奇妙なうなり音のする十字プロペラがついた飛翔装置で、ぎこちなく空中を進んでいる。ここまでの長い道のりを深刻な損傷なく持ちこたえたのは驚きだった。

「ちょっとした奇蹟さ」ドラフトが同僚の思考を察していった。二個の口が形成され、それらが同時に話す。「重力の欠落や大気変化がおよばないところにいたようだ。吉兆かもしれない。すくなくとも〝かれ〟はそう思う」

プロペラが回転をやめてたたまれ、サイバネティック装置内部におさまったが、物体はなおも飛行をつづけている。ラルグは愉快そうな音声をもらし、こういった。

「おもちゃだな。ベショルナー・ポルトが調達したんだろう？」

相手はうなずき、

「これと、ほかにもいくつかある！」と、応じた。

ラルグは玩具を重要とはみなしていないが、サイバーランドに必要なのは重要なものばかりではないと考えている。工場とは無関係な、いわばレジャーのようなものはジャシェムも知っていた。そうしたちょっとしたゲームは玩具工場でつくられる。実際、ニユートルムで製造されるもので、なにも制御しなくていいのはそれだけだろう。ベショルナー・ポルトがおのれの想像力でそうしたものをこしらえたのだ。それはどのジャシエムにもできるのだが、やがてそのための工場も設立された。

玩具工場！　ラルグは、カグラマス・ヴロトとのコンタクトがとだえたのちにサイバネティクスによってテクノトリウムにもたらされた知らせを思いだした。噂によると、ヴロトがサイリンの玩具職人に出会ったというが、ほんとうなのか？　彼女の名は？　クリオだったか？

名前の持つ響きに耳をかたむける。すてきに思われた。それから、注意をふたたび都市とその周辺に向ける。ラルグとドラフトは、主要建物三棟を結ぶ不可視のラインに到達し、三角形の一辺を通過した。さいころ形構造物とその上部の球に感覚を集中させる。そこがコミュニケーション・センターだ。

＊

フルジェノス・ラルグはルマンバー・ドラフトとならんで、黒いフォーム・エネルギーからなるさいころ形構造物内の通廊を高速で進んでいく。そのときはじめて、ひどく混乱していたことをはっきりと意識した。かれが温度工場で受けとった知らせには矛盾する部分があり、ほんとうとは思えなかった。最初、だれかにからかわれているのかと思ったほどだ。テクノトリウムに連絡してはじめて変化がわかり、不安になったので、司令本部を訪れて全体像を把握し、ほかのテクノトールたちと話すつもりだった。目的地に着くまでに体験したことによっても、混乱はなくなっていない。

そのとき、一ジャシェムに行く手を阻《はば》まれた。通信士の印章を持つ、テクノトリウムの技術スタッフだ。

「ようこそ。ここでとまらず、中央斜路に向かってくれ。球への最短コースだ。到着したら、すぐにディスカッションをはじめてけっこう」

相手が道をあけると、二名はすぐさま突き進んだ。ディスカッションこそ、かれらの必要とするものだ。いま起こっていることについて話し合わなければならない。重要な情報がまだ抜けているのだから。

中央斜路に達すると、やんわりとした力につかまれて上方に引っ張られ、さいころ内部に入った。やがて、ヴァイタル・エネルギー貯蔵庫のようにきらめき、金銀色の光を放散する、燃えるリングに到達した。

リングを通過すると、そこはいきなり別世界だった。視覚効果やその他の作用で感覚が麻痺して、ジャシェム二名は反重力の影響で生じた速度のまましばらく飛びつづける。やがて、ライトグリーンのほのかな光をはなつ球に突入した。テクノトールたちの影が周囲のいたるところで動きまわっている。ラルグはそばにいるだれかを呼びとめてあれこれ質問したいところだったが、光の作用によるオーラのせいでまだぼうっとしていた。

そこはコミュニケーション・センターの内部だ。直径百五十メートルの空洞球で、台座のさいころ形構造物と同じく黒いフォーム・エネルギーで形成されている。ライトグリーンの光は、内壁にまんべんなく存在する数千のサイバーモジュールが発するものだ。通常ジャシェムたちは、このやすらぎの光のなかで話し合う。光モジュールのあいだに待機するべつのモジュールは、必要に応じて司令本部内の移動に使われる。球内は無重力で、負担の大きいからだを持つジャシェムにとっては理想的な平衡状態だ。

議論や論争は民主的だというのが、お決まりのルールだ。それは適切な枠組みと形式のなかでおこなわれてこそ威厳を持つ。これまでいつもそうだったように。

だが、いまや球内はしんとして、緊張が漂っている。音響として感じられるほどに。ここにいる同胞の一部が自分よりかなり大きな情報レベルを持つことに、フルジェノス・ラルグはすぐに気がついた。

「さっそく、先にここにきた者たちへ質問をはじめよう」と、ドラフトに呼びかけたが、磁場工場の長はいなくなっていた。はなれてどこかに行ったらしく、無数の影のなかにかれの姿を見わけることはできない。

ラルグはサイバーモジュールに呼びかけた。それに応じて数百体が急行すると、ちいさなボートを形成して上にすわった。モジュールの存在はほとんど感じられない。思考操縦によって、かれは空洞球のまんなかに高速で運ばれた。

「コルヴェンブラク・ナルド！」と、呼びかける。「もうきているか？　きみと話したい！」

「全員がそう望んでいる」どこからか聞こえてきた。「こちらはアルテナグ・ヴァウン。声でわかった、ラルグよ。その響きからすると、なにも知らないようだな。われわれはみな、たがいに助け合い、事情を知ろうとつとめている。〝かれ〟はたったいま、さいころから最新知識を持ってやってきたところだ！」

すぐさま、話者のいる場所に敏捷《びんしょう》な動きが生じた。フルジェノス・ラルグも、つかのま停止したサイバーモジュールをふたたび発進させる。

ヴァウンの言葉を合図に、空洞球のいたるところからつぶやきが生じた。なかには、もっとよく聞いてもらおうと叫びだす者もいる。そうしながら無重力空間をめちゃくちゃに動きまわるので、衝突が起こらないようサイバーモジュールがとりしまらなければならない。さいころへの連絡口からはあらたなテクノトールがあらわれ、すでにいる数十名にくわわっていく。

すると、放射能工場の長、コルヴェンブラク・ナルドの声が全員の耳にとどいた。コミュニケーション・センターに最後に到着したかれの話を聞いて、ジャシェムたちは恐怖と不安をおぼえた。

「〝壁〟？」ラルグは声を張りあげた。「なぜだ？　〝壁〟がどうなったと？」

かれをはじめとする全員が、知らせにショックを受けている。

「何カ所も穴ができた」ナルドが報告する。「付近のグレイ領域からグレイ作用が入りこんだのだ。フォルデルグリン・カルトの大気工場およびカグラマス・ヴロトの重力工場へのコンタクトが絶たれ、連絡がとれない。サイバネティクスが調査に出たものの、両工場はグレイ作用にとりまかれていて接近できない！」

「そんなことはありえない！」ドラフトが叫び、話者がいた場所に突進していく。ラルグはあわてて追い、ジャシェムの群れのなかを突っきるようにサイバーモジュールを進めた。

「そう、ありえない」ナルドが応じる。「〝壁〟を構築したのはわれわれだ。それでも起こったのだ！」

「異人たちのせいだ」アルテナグ・ヴァウンが声を張りあげる。「問題が起こったのは、かれらがサイバーランドを訪れてからではないか！」

いつのまにか多数のジャシェムが一カ所に密集しすぎて窮屈になったので、ナルドが追いちらした。かれらは空洞球内をあちこち逃げまどう。グレイ作用がすぐ背後に迫っているかのように。

「矛盾している」フルジェノス・ラルグがコメントする。「〝壁〟は透過不能だ。混合エネルギーからなり、いかなるものも侵入できない。グレイ領主たちにすら無理なんだから、まして数名の異人に通過できるはずはあるまい！」

「かれらをわれらが帝国内に連れてきたのはヴロトだ」ヴァウンは激怒している。「あの一匹狼が転送機ドームの監視システムを使い、深淵の地で起こるあらゆる出来ごとを追跡し、どこかを移動中の風変わりな異人を連れてきた。いったいどうしてくれる？」

コミュニケーション・センター内にハリケーンのような騒音が巻き起こった。もはやひと言も理解できず、ラルグ、ナルド、ヴァウン、ドラフトは話をやめた。サイバーモジュールが急行して、マイクロフォン・リングと、内壁の光モジュールへの不可視接続を形成。そこには局所通信システムがそなわっている。モジュールは瞬時に合体し、全域を網羅するスピーカーとなった。

「……恐ろしいことだ」多数のジャシェムの叫び声がラルグの耳に入った。

「なにかしなければ……サイバーランドが破壊される……生きる者の任務は……帝国の滅亡……すべての責任は時空エンジニアにある！」

ついに、百倍に増強されたナルドの声が、テクノトールたちの出す騒音を上まわって響いた。それでも、かれらは空洞球内で無意味な徘徊をつづける。だれかに出会うと立ちどまり、会話やグループ・ディスカッションをはじめ、聞いた内容を消化している。

「とまるんだ」ナルドがもとめた。「よく聞いてくれ。嘆いてもなんにもならない。サイバーランドの惨状については、重力の欠落や大気の変化がしめすとおりだ。われわれのうち何名かはかろうじて死をまぬがれたが、このままいけば帝国にいても命の保証はない。いまですら問題は充分にあり、すべてを消化する精神力をなくした者もいるのだ！」

ラルグの頭に、パッシヴ体からもどらないベショルナー・ポルトのことが思い浮かんだ。からだをまるめ、感覚を殻につつんで生きのびようとしている。自分も似たような経験をしたと、自嘲ぎみに思う。墜落したとき、プラットフォームが地面に突っこんだではないか。ありもしない頭を砂のなかにかくそうとするように。

「もしかすると、ただの幻覚ではないか？」一テクノトールが声を張りあげた。調達したらしいマイクロフォンが、きらきらとかれの前にぶらさがり、無重力空間内を蛇行しながらいっしょに進んでいる。「グレイの領主にサイバーランドを攻撃することはできない。〝壁〟は貫通不能であると承知しているはず。かれらがわれわれと帝国を避けているのは、こちらに同等の力があることを知っているからだ！」

「工場ふたつが敵の手に落ちたんだぞ」ナルドは声を張りあげる。「これ以上の証拠はいるまい。グレイ生物が侵入している。今後ますます増えるだろう。ただ、ヴロトをさらった異人は、グレイ生物ではありえない」

「なぜだ？　そんなこと、だれにわかる？」複数のテクノトールがいっせいに叫ぶ。

「ヴァイタル・エネルギー貯蔵庫からきた者たちだから。これが理由だ！」

その瞬間、ジャシェムたちは困惑の沈黙につつまれた。そのことにはだれも思いいたらなかったのだ。情報はあったというのに。あきらめの思いがひろがっていく。そのときあがった一名の叫びは、ジャシェムの心境をあらわすものだった。

「なぜ大騒ぎする？　われわれ、難攻不落ではないか！」

ラルグは憤慨した。みな、わからないのか……危険を見ようとしないとは。だが、かれ自身、周囲で起こりつつあることをまだ疑っている。

「もっと早く注意するべきだった」かれはいった。「そうした危険は一瞬のうちにやってくるわけではない。敵はグレイ領主であり、手遅れにならないうちにかれらの行動にストップをかけなかったのは、われわれの責任だ。手だてはあったというのに！」

「罪はヴロトにある。グレイの国をずっと観察して情報を集めていたんだから。なぜわれわれに警告しなかったんだろう？」

ナルドが笑い声に似た音声を発した。

「したではないか！　われわれが冷笑していただけのこと。一匹狼、おろか者、変わり者と、さんざんののしってきた。ついにかれはサイバネティクスのカタツムリよろしく重力工場内に引きこもったのだ。つまり、罪はだれにある？」

「責任のなすりあいはよせ」ドラフトが警告する。「はるかに大きな問題があるのではないか。どのような防衛手段を講じるか、話し合わなければならない。手段を講じなければならないことは確実だ！」

＊

ジャシェムのあいだでなにが進行しているのか、傍観者がおおよそでも理解するのは不可能だ。かれらはもっとも古くから時空エンジニアのもっとも緊密な協力者で、深淵の技術者と呼ばれるにふさわしい。深淵の地の転送機システムを設置したばかりか、ほかの技術設備も開発している。いまでもかれらの工場で重力、気候、大気、温度、そのほか全環境システムが微調整されている。ずれや誤りが生じないよう、監視しているのだ。深淵の地と呼ばれる全体の基礎を築いた存在であり、かれらがいなくては時空エンジニアも無に等しい。

そのほか、サイリン種族に〝設計図〟をインプットしたのもかれらであり、それにしたがって玩具職人たちは深淵種族が日々必要とする重要な品々を製作した。サイリンはまた、ずっと昔にヴァイタル・エネルギー貯蔵庫も建造したもの。それはジャシェムが一度も成功しなかったことであり、かれらはサイリンを崇拝している。とはいえ、ヴロトの重力工場から入ってくる情報は注意深く受けとっていた。深淵の地で支離滅裂かつ無意味な種族放浪が起こったこと、自分たちが設定したものをのぞくすべての技術設備が不調をきたしたことも、テクノトールのあいだで知られるようになる。そのため、時空エンジニアに対する怒りがさらに強まり、ヴロトの報告することすべてをはねつけ、信じようとしなくなった。生きのびるためには信じるべきだったのだが。

深淵の地が〝グレイになる〟前は、ジャシェムは時空エンジニアと協力していた。当時かれらは、創造の山の麓《ふもと》に位置する光の地平に住み、そこからサイバーランドの出来ごとを観察していたのだ。しかし、あるとき諍《いさか》いが生じ、その責任はひとえに時空エンジニアにあったため、ジャシェムは光の地平を去り、サイバーランドを自分たちの帝国にした。〝壁〟を構築してみずから孤立し、深淵の地だけに奉仕して、時空エンジニアにはもはや協力しないことにする。時がたつにつれ、〝壁〟の外側で起こることをいっさい気にかけなくなり、時空エンジニアが無意味かつ有害な活動をつづけるのを見て、自分たちの行為は正しかったとますます確信した。

いまのかれらには、自分たちにとっての意味がどこにあるのか、そもそも有効な意味を持つものなどあるのかどうか、わからなかった。かつてはそう信じていたのに。

「きみの提案は?」ドラフトがナルドにたずねた。「われわれには無限に近いサイバネティク技術が使える!」

「もう価値はない」放射能工場の長が説明する。「いくらかでも攻撃と呼べることは、もはやなにもできない!」

「そんなことはない!」フルジェノス・ラルグはややおちつきをとりもどし、おのれの感覚がどのくらい安定して反応しているか、体内に耳をかたむけた。サイバーモジュールへのコンタクトは、まだ完璧に機能するだろうか?

「なにをする気だ?」ドラフトの声はオーヴァなほど友好的に響く。

「われわれは長いこと眠っていた」ラルグはいった。「〝かれ〟もそうだし、ほかのみんなもそうだ。グレイ作用はわれわれの最後の避難所を奪おうとしている。ここを征服されれば、深淵の地は長くは存在できまい。グレイ領主たちは知識ではわれわれにおよばないから、カタストロフィを引き起こすだろう。かれらの兄弟である時空エンジニアも同じこと。われわれ、深淵の地で光の地平をとりかこんでいるニー領を攻撃し、〝壁〟の向こう側のグレイ領域を撲滅しようではないか。てきめんに成果があがるよう、同時におこなう。深淵の地を救うのが早ければ早いほど、損害はすくなくてすむ」

「なにを話しているかわかっていないな」ナルドは激怒して声を張りあげた。「きみの温度工場で脳が干からびたんだろう。そのような攻撃的行動は時空エンジニアを直接、支援することになるんだぞ。われわれが生きる意義にはなるまい。深淵の地が危険にさらされているのなら、そもそも時空エンジニアが対処するべきではないか。グレイ領主たちはグレイの時空エンジニアにすぎない。どちらもわれわれの援助に値《あた》いしない！」

賛同のつぶやきがあがった。かつてのパートナーに対する嫌悪はかれらの心の奥深くまで濃厚に入りこみ、ほかのなによりもまさっている。テクノトールたちは空洞球内を無意味に飛びまわるのを徐々にやめ、ゆっくりと浮遊した。スポークスマンであるコルヴェンブラク・ナルドとフルジェノス・ラルグの周囲にグループが形成されるが、どっちつかずの者も数名いて、二グループからはなれた場所を旋回している。

「種族の裏切り者！」ナルドがライヴァルにどなりつける。

「深淵の地の破壊者！」ラルグは息音をたてていいかえした。「きみの意見にしたがうなら、いくらもしないうちにサイバーランドもジャシェムも存在しなくなる。きみはもっとも重要な深淵種族の墓掘り人になるつもりか？　時空エンジニアを支援するのがいやなばかりに、グレイになるというのか？　グレイの領主はよろこぶだろうが、きみはスタルセンとヴァジェンダのあいだで最大のおろか者として名をのこすことになるぞ。ジャシェムは生きのびなければならない！」

「きみのしたいことはわかっている、フルジェノス・ラルグ。光の地平にもどって時空エンジニアと手を組むつもりだろう。かれらの立場を強化して、とりいる気だな。だが、そうはいくものか。そのようなことは〝かれ〟が許さない！」

ナルドをとりまくグループはしだいに膨《ふく》らみ、迷っていた者たちも意を決した。大部分は放射能工場長に寝がえり、少数が温度工場長にしたがう。決めかねているのは十数名だ。実際にジャシェムたちが受け入れるべき提案は、そこから出された。

「まずは〝壁〟が不安定化した原因を調査しようではないか。穴を閉じてグレイ部隊をかれらの領地から切りはなすことができるかもしれない。ヴァイタル・エネルギー貯蔵庫の助けを借りれば、グレイ作用から解放できる可能性もある！」

だが、耳をかたむける者はほとんどいない。ラルグがナルドの非難に対して攻撃的な言葉を返すと、ナルドは前に突進してくる。サイバーモジュールが阻止しなければ、ラルグに衝突していただろう。

空洞球内壁のグリーンの光が明滅しはじめた。全員の注意は、球形構造物がさいころ形構造物に接続する円形部分に向けられる。そこから大型の一サイバネティクスがあらわれた。ジャシェムと同じくらいの背丈で、箱のようなものが数個そなえつけられている。

「新情報です」サイバネティクスが告げた。「グレイ作用がさらに進行しています。サイバーモジュールは変化し、ジャシェムが構築したものを破壊しはじめました。即刻、対処する必要があります！」

ロボットが去ると、ラルグはすこしわきにからだをまわし、ナルドの支持者に向かってポーズをとる。

「いますぐ行動を起こさなければおしまいだ。ついてこい。われわれになにができるかは、〝かれ〟が告げる！」

ラルグは進みはじめたが、ついてきたのは数名の支持者だけだった。かれの小型輸送機のモジュールが、その数を伝える。

これはサイバーランドの終焉を意味するのではないか……フルジェノス・ラルグは危惧した。

3

「すべて終わりだ」

カグラマス・ヴロトがまたくりかえした。傲慢さはすっかり消えている。無理もない。深淵の技術者二名は、数分前にサイラン防護服を手ばなすはめになったのだ。サイバーランドのこの地域にグレイ作用がますます進行すると、かれらのサイバネティク製セラン防護服は危険な誤作動を起こすようになったからだ。ティラン防護服にほとんど劣らない性能を持つサイランを失い、かれらは精神的な打撃をこうむっていた。これから起こる出来ごとに、多かれすくなかれ無防備でさらされることになる。

「すくなくとも、サイバーランドのこの地域については」ヴロトはしばらくしてからいいそえた。「司令本部にいるテクノトールが警告を理解して、グレイ作用がさらにひろまる前に適切に対処するだろうが」平静さをすこしとりもどしたらしい。最後の言葉には、ジャシェムがあらゆる異種族に対して見せる尊大さがあらわれている。

かれのいう〝対処〟がどのようなものかはだれにも想像できない。地表にある建物はすべてグレイ作用に襲われたことを、同行してきたサイバネティクス数体が報告した。そのあと、このサイバネティクスは破壊しなければならなかった。すでにグレイ作用の息吹《いぶき》が入りこみ、徐々に変化してきたからだ。

わたしはこの時点では、駆除者五千名がいらだった精神状態にあると思いこんでいた。「時空エンジニアに勝利させないためなら、かれらはなんでもする」大気工場の長、フォルデルグリン・カルトがいいそえた。わたしのすぐ前を進んでいる。その揺れるような歩行に、わたしはほんのつかのま気をとられた。カルトが移動に使う歩行器官にはいくつかの異なる種類がある。かれは紡錘形をした胴体のぐるりについた視覚環で周囲のあらゆる出来ごとを観察しているが、最大の関心事はいまなおサイリンだ。どちらのテクノトールもクリオをほとんど崇拝視している。二名が心を開いたのは、ひとえにクリオがいるおかげなのだ。

そこはひろい一ホールで、多数の衝立で仕切られている。われわれは微細なサイバーモジュールからなる山々のあいだを縫って進んだ。サイバーモジュールは作動停止状態で、次の使用にそなえているらしい。

つむじ風がわたしの横にあらわれた。ふたつの手いっぱいにサイバーモジュールをひろい集め、わたしにさしのべる。

「これ、食べられるんじゃないかな」アバカーは大声でいった。「グルスの木の実に似てるから」

アバカーの土地に生育する木の実のことをいっているのだろう。いまのところ、そこにもどることは考えられない。ムータン領はジャシェム帝国とスタルセンにはさまれた領域のどこかにあり、はるかかなただから。

「ためしてみるといい」わたしは笑いながら応じた。「ただし、舌を嚙み切られるぞ」

「わあ！」つむじ風が声をたてた。本名はボンシンという。かれはテングリ・レトス＝テラクドシャンのところにそれを持っていったが、現況ではテングリも若いアバカーの遊び心に理解をしめしてはいられないのだろう。持ってきた場所にもどすよう指示しただけだった。

衝立のあいだを急ぎ足で進みながら、わたしは深淵穴の下にある都市に思いをはせた。あれからスタルセンはどうなったのか？　われわれが導入した発展をつづけているだろうか？　チュルチは鋼の支配者の行動力あふれる後継者となり、大陸ほどの大きさの都市で正常な関係を築くことができただろうか？　疑問はつきないが、いつか答えを得られるかどうかもわからない。創造の山またはヴァジェンダに到達し、時空エンジニアを支援してグレイ作用を最終的に撲滅しないかぎり、無理なのではないか。

そこまでの道のりは長い。ヴァジェンダが位置する、深淵の地の中心部にすら進んでいないのだ。ヴァイタル流に乗っていく旅は、ジャシェムによって中断された。だが、カグラマス・ヴロトにとりたてて高尚な動機があったわけではない。せいぜい好奇心からであり、かれがそのことを何度も後悔したのはたしかだろう。

大気工場地下ドームのホールが終わるところに、巨大な門が立ちはだかった。フォルデルグリン・カルトが、門を構成するサイバーモジュールに思考命令をあたえる。門は砕けて崩れ落ち、サイバーモジュールは太い支柱となって左右にそびえた。われわれが通過すると、門はふたたび閉じられた。すばらしい技術だ。おろかな傲慢さを持つジャシェムの手によるとは考えられない。深淵の地の歴史や深淵の技術者の役割についてこれまで知ったところによると、テクノトールが指をぱちんと鳴らすだけで侵入してくるグレイ作用を撃退できるというイメージが浮かぶほどなのだが。

事実はまったく違う。まだきちんと理解したわけではないが、かれらの行動は時空エンジニアと関係があり、それが感覚を麻痺させているらしい。すくなくともヴロトとカルトはそうだ。時空エンジニアの名前を聞いただけで憤怒に襲われる。ヴロトがふたたび逆上せずにすんでいるのは、ひとえに玩具職人がそばにいるからだろう。その一方、グレイの領主に言及しても、はげしい反応はない。態度がはっきりしないというか、無関心とすらいえる。もうそろそろ大気工場の地下ドームから出て、テクノトリウムに到着するころだ。ジャシェムと深刻な話をしなければなるまい。

〈よけいな口を出さないことだ〉付帯脳が語りかけてきた。〈時空エンジニアとの諍い

のほんとうの理由がわからないかぎり、かれらの考えを変えることはできまい〉

そうかもしれない。それは計算に入れてある。とはいえ、この状態をさらに長引かせることはできない。サイバーランドのジャシェムは、ムータン領のティジド種族やヴァンヒルデキン領のサイリン種族……かれらがいま、ほかのどこにいるとしても……と同様、深淵の地をグレイ作用から救うのに重要なファクターだから。深淵の地のために全員が力を合わせるべきだ。ほかに方法がないならば。

〈根拠のない可能性を計算に入れているぞ。時空エンジニアなしにはどうにもならない。かれらはもっとも重要なファクターだ。コスモクラートがはるか昔、かれらに〝トリイクル9〟の再構築を委託したのも、それなりの理由あってのこと。かれらはおまえをコスモクラートの使者および深淵の騎士と認め、おまえの指示にしたがうだろう〉

それほど確信はできないと、わたしは思った。

細い通廊を出て、バルコニーふうに建てられたマシン室に達した。いちばん奥に欄干《らんかん》があり、そこで床が終わって十メートル下に同様なホールがつづいている。上階ホールの床が開けていて、下のようすが見えたので、それがわかった。

「この下に行く」フォルデルグリン・カルトが説明する。「そうすれば大気工場に隣接する領域の外側だ。建物の周囲にめぐらされたグレイ作用の帯を貫通するのは大変ではあるまい」

深淵の耳が聞いたぞ……わたしは思い、大声で注意をうながした。

「早く！　時間がない！」

ボンシンが急いでよってきた。かれはしじゅうわたしのそばにきたがるようだ。理由はなにかと考えたが、説明できない。ジェン・サリクとわたしがグレイ生物の影響を受けたときにムータン領の転送機ドーム内で起こったことと関係があるのか？

「テレポーテーションで運ぼうか？」つむじ風がたずねた。「建物を全壊できるくらい力がある気がするんだ。悪いサイバネティクスが埃《ほこり》とごみに埋もれて方向感覚を失ったら、おもしろいだろうな！」

「のちのために力をとっておくといい」わたしは応じた。「まずはジャシェム二名が提案するとおりにしよう」

「それがいい」カグラマス・ヴロトがどなり声で応じる。「きみたちはジャシェム帝国の客人だ。そのことを忘れないでくれ！」

忘れはしない。ヴァイタル・エネルギー貯蔵庫から表面に出てきたとき、われわれは周囲の自然が見せる免疫反応を体験したもの。それを切りぬけなければならなかった。二名のテクノトールが同行するようになって、やっとサイバーランドで恐れるものはなくなったのだ。

駆除者の笏《しゃく》の出す甲高《かんだか》い音が響いた。振り向いたとたん、わがオービターの巨体がすぐ横にあらわれた。

「深淵警察は混乱している」ドモ・ソクラトの声がとどろく。「周囲の出来ごとに、わたしが注意をはらおう！」

ソクラトが動きだすと、すぐに駆除者の群れが割れて通路ができた。わたしはハルト人のあとにつづき、深淵作用から解放されてわれわれに永遠の忠誠を誓った奇妙な者たちのそばを通過して進む。

大駆除者が急速に近づいてきた。堂々たる胴体にある感覚球体が漆黒の光をはなつ。かれがこちらを探知すると、皮膚がちくちくした。わたしを探していたらしい。ハルト人を通りこしてこちらの前に立ちふさがる。わたしは足をとめた。

「騎士アトラン」細い笛の音に似た声が、頸と胴体のあいだの唇のないスリット口から聞こえてきた。「問題が生じた。わが兵士の多数が喧嘩している！」

「かれらに呼びかけて秩序をとりもどさせろ、大駆除者。もめごとにかかわっている余裕はない。可及的すみやかにこの大混乱から脱出する必要がある。しずけさはまやかしだ！」

わたしは向きを変え、急ぎ足で同行者たちのあとを追った。ドモ・ソクラトは深淵警察リーダーのもとにとどまる。

「つむじ風、階段を探してくれ！」わたしが呼びかけると、アバカーはすぐさま非実体

化し、数秒でもどってきた。すこしはなれた場所にあるマシン・セクターの奥をしめし、

「手すりつきの斜路が下に通じてる。あれを使うのがいちばん早く着くよ！」

飛翔装置を使えば、もっと速く進めるだろう。

だが、ジャシェムの要求にしたがい、徒歩で進まなければならない。ここ工場地下ではエネルギーを放出してはいけないと、降下したときに指示されたのだ。工場の特定部分の活動を維持するためだという。まだグレイ作用を受けていないサイバネティクスがいて、ジャシェムが深淵の息吹と呼ぶものに抵抗しているから。

われわれは斜路を急ぎ足で進んだ。カルトは視覚環をしじゅう上に向け、ヴロトと会話している。われわれ全員が習得している標準的な深淵スラングだが、ひと言も理解できない。言語がサイバネティク性・エネルギー性のプロセスをたどったせいで異質に聞こえるのだろう。ジャシェムにとって、技術プロセスは重要な生命目標の一部をなしている。

駆除者の巨大な群れがふたたび騒然となった。ハルト人のどなり声で一時的にしずまったが、マシン室を出てパイプ・システムの前にくるまでだった。パイプはすべて平行にはしっており、それぞれに向かって搬送ベルトがのびている。フォルデルグリン・カルトがいった。

「各パイプを利用できるのは一度に百名までだ。疑似サイバネティク有機体は分乗して

くれ。制御装置に見えるものがあっても、けっして触れないこと！」

わたしは同行者に目くばせして、かれらとともに第一陣として搬送ベルトに乗り、最上部のパイプに運ばれていく。駆除者の一群がわれわれにつづき、ほかはべつのパイプに分乗した。ジャシェム二名はのこって指揮をとり、次のグループがいつパイプに入るべきか合図している。

わたしは思った。これで完了だとしたら、おのれの理性を疑ってしまうところだ。この逃避行において、まだグレイ作用が確認されていないとは。

〈ホスト抜きで勘定するな！〉付帯脳が皮肉をこめて告げた。

〈ここでのホストはだれだ？〉と、たずねる。

〈笏を持つ者たちだ！〉

たしかに、駆除部隊を計算に入れていなかった。

＊

〈自分でも考えていたはず〉論理セクターの声。〈駆除者はグレイ作用にやられているぞ！〉

パイプをあとにすると、そこは一種の円形劇場だった。階層はわれわれから見て五十メートル下までつづいている。サイバーランド内はどこもそうだが、ここの技術設備もすべてサイバーモジュールからなり、テクノトール二名は思考インパルスを使ってこれらを操作できる。

二階層上で駆除者たちがはげしく戦い、神経がまいりそうな騒音が聞こえてきた。白い防護服を着用した筋肉隆々の巨軀《きょく》がぶつかり合い、殴り合っている。

わたしは頭を引っこめてほかのパイプの出口を見やった。一台座に立つジェン・サリクがおだやかに手を振っている。レトス＝テラクドシャンとボンシンの姿も見えた。クリオはわたしのすぐそばにいる。

え、まさか。パイプを途中で替えたわけではないのに、なぜわれわれはべつの出口から出てきたのか？

〈サイバーランドにはいくつもの秘密がかくされている〉付帯脳がささやきかけた。〈動揺する理由はあるまい。ジャシェムはだてに深淵の技術者と呼ばれるわけではない〉

「アトラン！」わがオービターの声が雷鳴のようにとどろく。ドモ・ソクラトの姿が戦う駆除者のあいだからほんのつかのま見えたが、ふたたび混乱にかき消された。

「行こう、玩具職人！」クリオに呼びかける。サイリンは若がえったからだと人間に似た口を動かした。唇は化粧をしたように真っ赤だ。縦にならぶアーモンド形の目三つがこちらを見てきらりと光る。

「獣たちが戦っているあいだ、わたしは美容のためにのんびり休んでいられるわ」彼女はささやき声でいった。「わたしをどう思う？　なにか目につくことはある？」

　わたしは、襲ってきた放心状態を軽く振りはらった。

〈気をつけろ、アルコン人。おまえも深淵作用を感じている！〉

「きみはこれまで出会ったなかでいちばん美しいサイリンだ」と、いいながら、テラナーとレトスのいる場所に飛行するようティランに指示をあたえた。かれらとともに円形劇場内部を数階層、上昇する。出来ごとをもっとよく概観するために。

「そうでしょ？」クリオの声がした。「過去の人生でわたしにあったこと、すべてを思いだせないのが残念でたまらないわ。想像できる？　わたし、前に一度ある生物の訪問を受けたの。深紅の湖にあるわたしの城で。それほど昔じゃないはずだわ。その生物の名前も、かれがなにを要求したかも、忘れてしまった！　剣だったかしら、それとももっと重要なものかしら？　アトラン、記憶をとりもどすのを手伝ってもらえる？」

　そのとき、なにかが頭上を通過した。サーモ・ビームだ。わたしはサイリンのからだをつかみ、一パイプの近くにある張り出しの奥に引き入れた。そこからも駆除者が次々とあふれでてきて、すばやく方位確認すると、戦闘を開始する。

「深紅の湖のクリオよ」わたしはささやいた。「いまはその時間がない。ここを去らなければ！」

ジャシェム二名を探したが、まだ姿を見せていないらしい。駆除部隊は五千名全員がすでに到着したように思われるのに。

わたしは一胸壁に走りよると、上にのぼった。平衡を失わないよう、ティランが重力を調整する。

「話を聞け！」わたしの声をティランが増幅したので、円形劇場全体に響きわたった。一瞬、深淵警察がほんとうに戦いをやめるかに思われた。「大駆除者は、いますぐわたしのところにくること！　われわれはグレイ作用の影響領域にいる。一刻も早くここを去らなければならない！」

駆除者一名が群れをかきわけてはなれ、こちらに飛んでくると、胸壁の手前に着地した。笏の発射口が下に向けられているので、すこしほっとした。大駆除者だ。

「あなたの望みはわかっている、騎士アトラン。われわれ、騎士であるあなたがたに仕え、命令にしたがうと、深淵にかけて誓った。だが、ごらんのとおりの事態で、わたしには阻止できない。統率者として情けないことだが、どうしていいかわからない」

「ドモを手伝ってくれ」わたしはいった。「狂乱者たちをおちつかせるんだ！」

かれは姿を消し、駆除者の大群のなかに入っていった。かれの鋭い笛の音に似た声が聞こえてきたが、しばらくするとやんだ。

われわれは、短い作戦会議をもうけた。

「すでにずいぶん時間が失われました」と、ジェン・サリク。「われわれ、まだ大気工場の影響領域にいます。駆除部隊をここに置いていくしかありません！」

テングリ・レトス＝テラクドシャンの考えは違っている。

「この地の中枢でなにが待っているか、だれにもわからないのだぞ。戦士が必要となるだろう。われわれ、介入しようではないか！」

わたしはうなずき、ボンシンに向きなおった。

「クリオを連れて円形劇場の反対側へしりぞき、そこでわれわれを待っていてくれ！」

「駆除部隊をちょっとばかり騒がせてやろうかな」若いアバカーが応じた。「すごくやりたい気が……」

わたしの視線にかれは口を閉ざし、クリオを連れてテレポーテーションした。

われわれはティランの飛翔装置をオンにした。ジャシェムはまだあらわれないが、かれらの警告にしたがってこの先もずっと徒歩で進む気はない。どういうわけか、かれらはわれわれがすみやかにテクノトリウムに到達することを望んでいないのではないかという疑念が、頭からはなれなかった。グレイ作用の強い脅威にもかかわらず……

〈かれらは混乱している。どう決めるべきか、わからないのだ！〉

〈ならば、こちらから教えてやるまでだ、論理セクター！〉

たがいに戦う深淵警察のグループがいたるところに形成されている。戦う理由はかれらにもわからない。ふいに戦闘意欲に襲われただけで。

われわれはジレンマにおちいった。駆除者を麻痺させれば、かれらを運ぶ必要が出てくる。だが、ジャシェムがいなくては輸送手段の使用は不可能だ。

「争いをやめろ！」わたしはどなりつけ、仲間とともに群れに突っこみ、好戦的な者たちを引きはなしにかかった。どこかでハルト人のアームが回転し、とどろく声に駆除者の一部が逃げだした。ずっと下のところに集まり、無気力状態でじっとしている。

サリクとレトスの姿を見失った。そのとき、だれかに足首をつかまれ、わたしは落下しはじめた。ティランがうなりながら上昇し、群衆からはなれていく。笏を失った駆除者二名がわたしにしっかりとつかまって、ぶらさがっているのが見えた。かれらの口からタイヤのきしむような息音がもれる。わたしは開けたバルコニーにかれらをおろすと、すぐあとを追ってきたドモ・ソクラトに合図した。砲撃がつづけさまにハルト人を襲ったが、かれは防御バリアを作動させ、駆除者二名をつかんで揺さぶる。テニスボール大の感覚球体が危険なほどに揺れ動いた。

「騎士を襲ったな？」ソクラトがどなりつけた。「脳みそを抜いてやる！」

ソクラトを狙う射撃がつづく。かれの額の黄色い目がきらりと光った。

「これでは前進できない」わたしはいった。「ここを出なければ。下のプラットフォームにある正面玄関が出口だろう！」

周囲がしずかになった。戦いは徐々におさまり、大駆除者が上昇して戦士たちを集合させ、おだやかな口調で語りかけると、かれらは整然とならんだ。グレイ作用の影響は、生じたときと同様にすばやく消えたらしい。

「あちらへ下降するぞ」わたしは呼びかけた。「急げ！」

われわれが真っ先に進むと、深淵警察の一部がすぐにつづいた。のこりはその場から動かない。

「道が違う！」そのなかの一名が告げた。「パイプを通って、もといた場所にもどらなければ！」

心内で警鐘が鳴る。一部の駆除者が強まったグレイ作用の影響を受け、工場地下にもどりたくなったのだ。作用がもっとも強く発揮される場所に。

「どうにもなりません」サリクが横にあらわれた。「下にいる二千名でよしとしましょう！」

われわれが大駆除者のいる場所まで下降すると、ボンシンとクリオが合流した。門の開閉メカニズムを探したが、見つからない。ティランがあってもどうにもならない。

「破壊する」わたしが決定すると、駆除部隊は武器をサイバー門に向けて作動させた。灼熱するビームが発射された次の瞬間、戦士の大部分が悲鳴をあげて笏を手ばなした。サーモ・ビームがサイバー門にはねかえされ、発射口にもどってきたのだ。長さ一メートルの笏一本がどこかで爆発し、駆除者もろとも砕けちった。

「中止！」即座に命じる。「ほかの方法を見つけなければ！」

「ジャシェムに裏切られた」ソクラテスがわきで恨みを口にした。「捕まえたらひどい目にあわせてやる！」

「あぶない！」つむじ風の叫び声がした。「安全を確保して！」

駆除者たちの二陣営が向き合い、たがいに発射しはじめた。もはやなにものにも配慮していない。飛翔装置を作動させ、あっという間に白兵戦となる。

われわれはオービターとともに、もよりのかくれ場にしりぞいた。はらわたが煮えくりかえる思いだった。われわれのしていることは時間の浪費でしかないとわかったからだ。グレイ作用はあと数分で完全にこちらに追いつくだろう。われわれ深淵の騎士にとってはそれほどの危険はないし、ドモ・ソクラトも抵抗力がある。だが、クリオとつむじ風はおしまいだ。その咎《とが》を負いたくはない。

「ついてきてくれ！」わたしは小声で呼びかけた。

われわれは防御バリアを張って円形劇場の周囲を移動した。クリオとボンシンは玩具職人が模造した駆除者の防護服を着用し、かろうじてビームから守られている。

われわれは妨害されずに一本のパイプまできた。内部をのぞくと、こちらにくるときもわれわれを照らしていた光が見える。分散するべきかとも考えたが、そうしないこと

に決める。ジェンの考えによると、

「全員いっしょに向こう側に出ることはないと思われます。それに、ドーム内は勝手がよくわからない。行くのは一名だけがいいでしょう」

「では、だれが行けばいい？」わたしがたずねると、瘦身《そうしん》のテラナーは応じた。

「テングリ！　かれには、不可視化をはじめ、最大のチャンスがあります」

「では、われわれはどうする？」ソクラトが大声でたずねた。「駆除者全員をぶちのめそうか？」

「だめだ」レトスが応じる。「大規模な拘束フィールド・プロジェクターのようなものを探してみよう！」

かれはためらうことなく目の前のパイプに入り、われわれを照らす光のカーテンのなかに消えた。

4

明らかな破綻が迫っていると気がついて、フルジェノス・ラルグは動きをとめた。ジャシェムの長い歴史で、二陣営に割れたのははじめてのことだ。もはや共同決定も共通の方策もない。深淵の技術者種族は架橋できない断崖絶壁にいる。温度工場のテクノトールは空洞球とコミュニケーション・センターのあいだの、さいころ形構造物に通じる場所で気をしずめた。

「どうした?」コルヴェンブラク・ナルドの声が聞こえてきた。「支持者といっしょに行けばいいではないか? われわれがここですることになど興味ないくせに!」

「発狂者のものいいだな」ラルグは相手を非難し、「われわれが行動を起こさなければ、サイバーランドは失われる。いっしょに行動するべきだ!」

「それもひとつの可能性かもしれない」おずおずとした声には聞きおぼえがある。放射工場の長、ボリヴァー・ジャルヴだ。永遠にどっちつかずの男で、ラルグはすこしも重要視していない。

「どちらが発狂者かは、見てのとおりだ」ナルドが応じる。「もちろん〝かれ〟ではない。われわれに役だつのは慎重さのみ。時空エンジニアの地位を強化することは許されない！」

ラルグは笑いだし、

「時空エンジニアにとりいる気だといって、きみは〝かれ〟を非難したが」と、声を張りあげた。「いまのきみは、時空エンジニアを無力化して自分がその地位を得ようとしているではないか。だが、それはグレイ生物にならないかぎり無理だと知っているはず。行け、ナルド。グレイ生物になればいい！」

サイバーモジュールからなる微小な複合体が入口から接近し、ラルグの前で停止した。

「ベショルナー・ポルトが死亡しました」と、告げる。「パッシヴ体が硬化し、無数の微小なクリスタルに分解したのです！」

「なぜ〝かれ〟にその知らせを？」ラルグは骨の髄まで衝撃を受けた。この情報を告知すると、空洞球内はショックの沈黙につつまれた。

「ポルトが死亡？」コルヴェンブラク・ナルドがおうむがえしにいった。「終焉はもうそこまできているのか？」

ラルグはなにもいわない。放射能工場のテクノトールが自分の発言を待っていることに気づいたが、やはり黙っている。二陣営の相違はしだいに消滅し、無意味になってきたが、それでも出口はなかった。

「譲歩するか？」しばらくして、ナルドが訊いた。

「ノーだ。きみの考えが間違いであることはわかっている。そっちが譲歩しろ！」

「ノー！」ナルドが応じる。

「〝かれ〟に提案がある！」ボリヴァー・ジャルヴがふたたび発言した。「話を聞いたらどうか？」

「では、話せ！」ラルグとナルドが同時にいった。

「深淵にはジャシェムに関する古い掟がある。最初から効力があったのに、きみたちはこれまで不安と混乱と自負心のせいで考えていなかった。〝もはや種族内に意見の一致がみられない場合は、ニュートルムに出かけて助言をもらえ〟というものだ。ジャシェムの偉大なる長老に決定をゆだねよう！」

「深淵の独居者か！」ラルグとナルドはうやうやしく小声でいった。実際、そのことは頭になかった。

独居者の住むニュートルムは深淵定数の上方にある領域で、だれもが簡単には近づけない。そこに住むのは深淵の独居者だけで、かれの判断は完全に中立的で公正なのだ。

ニュートルムについて知っていることを、かれら全員が思い起こした。そこはいちばん早く建設された領域で、ジャシェムが深淵の地を設立するための技術者として時空エンジニアに招聘《しょうへい》された当時、最初の任務のひとつとして完成させた。技術的・ハイパー技術的設備がととのっていて、ジャシェムの工場で制御しているあらゆるものが生みだされる場所であり、さらにたくさんの意味を持つ。ニュートルムは深淵の地全域が生存するための設備そのものだ。ここが機能しなくなれば、全構造物は崩壊する。

深淵の独居者は、ジャシェム種族が尊敬し崇拝する存在だった。全システムをコントロールする、深淵の地存続の保証人といえる。それがよりによってジャシェムの一員であることは、自意識過剰なテクノトールたちにとってなんら不思議ではなく、当然と受けとめている。それは、かれらが時空エンジニアに対してちょっとした優越感をいだき、たよる必要はないと考える理由の一部でもあるのだ。

深淵の独居者が工場を制御するジャシェムに連絡をとることはめったにないが、もしあるとすれば、直接ニュートルムにかかわることだから重要な意味を持つ。

いま、独居者からの連絡はない。ナルドは、自分が躊躇《ちゅうちょ》して動かないのは独居者からの連絡を待っているからということにしたかったが、そうはいかなかった。深淵とニュートルムの境界まで行って独居者を訪問してはどうかというジャルヴの提案に、たったいま全員が賛成したから。

「ジャシェムの行動は、独居者ひとりが決定するべきだ！」ボリヴァー・ジャルヴが念を押すと、全員が賛同の言葉で承認した。

「では、出発するときがきた」フルジェノス・ラルグがきっぱりといい、「〝かれ〟はきみたちに別れを告げ、ナルドの同行を要求する！」

「いっしょに行くとも」放射能工場のテクノトールは応じ、無重力空間を浮遊した。

「ぐずぐずしている時間はない！」

ほかのジャシェムたちが見守るなか、ライヴァル二名は仲よくならんで下降し、連絡路に消えていった。さいころ形構造物の転送機ドームを訪れるために。

空洞球内部は静寂につつまれた。ジャシェムたちはパッシヴ体をとり、使者二名がまもなく答えを持ってもどってくるのを待つことにする。

＊

偵察員はシャツェンから深淵の諸地域へ、何度か調査に出かけた。前進できなくなってコースを変えたり、中断したりすることもたびたびだった。時空エンジニアと同じく、グレイ作用を恐れているから。恐れとは、おのれの欠点を認めることであり、問題を克服する精神力の欠如のあらわれなのだが。

周辺調査をするたびに、深淵作用の進行がはっきりと感知された。次々にあらたな地域がグレイ領域と化していく。賞讃すべき例外もあったが、いずれの場合も戦いが生じ、どの種族も生存をかけて戦うほかない。一夜にしてグレイに変わったことに気づかない者たちもいた。失ったものを嘆かずにすむかれらは、もっとも幸運かもしれない。

それでも、偵察員は葛藤した。精神的奴隷化は死より悪いのではないか、すぐに最短コースで光の地平に急行し、時空エンジニアに報告するべきではないか、と。だが、その考えは捨てた。深淵作用をおよぼす者について、まだ充分な知識を得ていないからだ。

湾曲部にあるマルシェン＝プリント領に達した。ここに住む種族にどことなく親近感をおぼえるのは、体形が自分と似ているからかもしれない。移動方法も同じだ。かれらは巨大なヴァイタル・エネルギー貯蔵庫を持ち、地下洞窟のヴァイタル流をふんだんに使うことができる。

しかし、マルシェン＝プリントはグレイ作用の脅威にさらされていた。はっきりと見える境界をこえて、隣接するドームズ領に入った。小石におおわれた小国で、植生はほとんどなく、かつての住居跡があるにすぎない。このような地域なら、征服されてグレイ作用がおよんでも問題あるまい。洞窟は貯蔵庫の連結システムから隔絶されて死滅していた。もはや脈動するものもない。

ドームズの中枢を探す。そこにグレイの主倉庫があるはずだが、いまもなお持つオーラのせいで、いつものようにすぐに気づかれてしまうだろう。弱まったとはいえ、まだ効力がある。オーラが消滅しても光の地平に帰れるだろうかと、かれは何度も自問したもの。自分のもたらす情報に多大の興味をいだく依頼者だけがたよりだった。

フルレミンを統治するのは領主マンデルだったが、ここドームズの支配者は領主ガヴォーだ。みずから将軍と名乗り、やはり醜いローブにつつまれた実体のない存在にすぎない。どういうわけか完全な肉体性を持たないため、触れることはできないのだ。グレイの領主と、光の地平に存在する時空エンジニアとをくらべてみる。グレイの領主は醜い戯画であり、時空エンジニアへの嘲弄だという結論に達した。だが、その思考をつづける機会はなかった。拘束フィールドがつかみかかってきたからだ。ぎょっとした最初の瞬間にテレポーテーションを試みたとき、こちらのポジションをとりかこむハイパー次元ラインを感知した。これ以上逃れようとすれば、いやおうなく深淵の地の外の虚無に投げ飛ばされるだろう。捕獲されたのだ。

なにも起こらないまま、長い時間が経過した。時間の感覚をすこし失う。檻《おり》のなかの時間経過がときどき変化するように感じられたからだ。ついに領主ガヴォーが、勝者の持つ自信を放散しながらやってきた。

「マルシェン＝プリントが陥落したぞ」と、領主は告げた。「きみの種族はグレイ作用にやられた」

「思い違いだ」偵察員は応じた。「わたしの種族ではない。それに、わたしは捕らえられる前にそこへ行ってきた！」

「自分の種族でないのなら、なにをしに行った？」

罠かもしれない。だが、こちらも情報がほしい。偵察員は全感覚を動員してグレイ領主の思考を感じとろうとつとめる。ときどき霧の断片さながらにそばを通過していく思考をキャッチした。脈絡のない断片ばかりだが、あとで評価するつもりだった。

「わたしは光の地平からきた偵察員だ」と、応じる。その思考をグレイ領主が貪欲なスポンジさながらに吸いこんだ。

「なにを調べている、偵察員？」

かれは答えない。グレイ領主の怒りを察知して、内心ほくそ笑んだ。

「わたしを尋問することはできないぞ。いまの姿のあんたに情報をあたえる権限を、わたしは持たない！」

領主ガヴォーは向きを変え、高くそびえる小石の山のかなたに姿を消した。檻のなかで引っ張られたり揺さぶられたりしたが、偵察員はなんの苦もなく持ちこたえる。かれは難攻不落であり、どれほど長く拘禁されてもダメージを受けることはない。やがてグレイの領主もそれを悟り、かれを解放した。

「ほかの目的のために拘束フィールド・プロジェクターが必要になったのでな。さらにべつの地域をグレイの国に変える」

「うまくいくかもしれないが、おぼえておくんだな。時空エンジニアはすべて見ているんだ！」

偵察員は知るよしもなかったが、かれの難攻不落性がきっかけとなり、グレイ領主たちは計画を変更したのだった。かれらは時空エンジニアがどのような道具をいまだに保持しているか認識したため、光の地平を直接攻撃し蹂躙《じゅうりん》する計画を捨て、新しいプランを練りなおした。偵察員はのちになって、なにが起こったか気づくことになる。

グレイの領主から返事はない。偵察員はドームズを去り、すでに心にのしかかっていた圧力を振りはらった。遠くの領域にあるヴァイタル・エネルギー貯蔵庫に接近してエネルギーを補給し、リフレッシュしてグレイ作用から快復すると、シャツェンにもどる。保管係たちに報告をするためだ。

保管係はつねに偵察員を追いまわしている。かれは行動のために独立性を必要とするのに、それを理解しようとせず、技術の産物としか見ていないから、捕まえたがるのだ。なんと単純な連中だろう。いつの日かシャツェンもグレイ作用にやられるかもしれないと考えると、気がめいる。保管係には自衛できないだろう。おそらく、過去の遺物の一部を使って敵に対抗する必要性すら認識できまい。

深淵の地にとって不運な見通しだ。

偵察員は光の地平にもどる準備をはじめた。グレイの領主たちが力を拡張する方法を、ある程度は見ぬいたからだ。かれらは脆弱な地域や住民のいない地域を選ぶ。深淵の地にもそうした場所はあり、ドームズがいい例といえる。くりかえし実施された種族放浪が効果をもたらしたとはいえ、まだ適切な種族がいくつかたりないのだ。それが時空エンジニアのジレンマなのだろう。くわしい事情は偵察員も知らないが。

かれはヴァジェンダがある地域を訪れた。そこは深淵の中心部で、グレイの領主はまだ侵入していない。すくなくとも、そのことを示唆《しさ》するものは見あたらない。中心周縁を浮遊すると、洞窟のヴァイタル流からインパルスが送られてきた。次の貯蔵庫に移動し、そこからじかに光の地平にもどるよう導くものだ。

偵察員は不死身であるとはいえ、全知ではないし予知能力も持たない。いくつかの思考で心をしずめてから、光生物の住む国、ルシオンに向かって出発した。かれらは半物質の透明な生物で、天使にも思われる。ルシオン全体が思考のささやきやつぶやきに満ちていた。かれはすぐさま、光生物の思考とメンタル・コンタクトをとった。

〈グレイ作用がやってくる〉と、警告する。〈深淵の地全体をカバーし、前進をつづけている。注意してくれ。きみたちは稜堡として、ヴァジェンダのすぐそばにいるのだから！〉

〈われわれは物質ではない〉光生物が応じた。かれらは、グレイ作用がなんなのか、まったく知らないらしい。偵察員が教えると、かれらは悲嘆のあまり生存の危機に瀕した。美しいからだがしだいに暗くなり、いまにも消えそうに見える。偵察員はおのれのおかした誤りに深く心を痛めた。移動しようと思ったが、心の声にさとされて、そこにとどまることにする。光生物の精神状態をすこしずつ向上させるあいだに、数深淵年が経過。シャツェンの拠点を訪れる機会はないままだった。保管係は偵察員の捜索をとっくにあきらめたにちがいあるまい。

かれがルシオンですごした期間に、恐ろしいことが起こったと、まもなくわかった。グレイ領主たちが時空エンジニアに大々的な攻撃をしかけてきたのだ。時空エンジニアは苦境に追いこまれたが、偵察員は任務に拘束され、なにかしら手を打つタイミングを失った。問題が解決して光生物がもとの安定性をとりもどすと、かれはすぐさまシャツェンにもどって保管係に警告。だが、危惧していたとおり、かれらは耳を貸さない。偵察員は感謝の言葉を聞くこともなく、その場を去った。保管係に追いまわされたのち、シャツェンを三方からかこむ隣接地域にある転送機ドームを方位確認ポイントにする。非実体化して、光の地平を出たときに訪れたステーションを探しだした。

自分が仕える時空エンジニアの予言が思い浮かんだ。かれが送りだされたのは、深淵穴を調査し、グレイ領主たちの動向を観察するため。時空エンジニアにとって、それが災《わざわ》いをかわすためになんらかの行動を起こす、最後の可能性だった。だが、かれらも望んでいたのだ……コスモクラートが深淵の地を忘れておらず、使者を送って対グレイ領主戦に味方してくれることを。その使者とは、知識と力、そしておそらくグレイ作用に抵抗する潜在力を持つ深淵の騎士である。

偵察員はマンガラン領に到達した。かつてシグナル領域のひとつだったマンガランは、もはやシグナルを出さず沈黙している。かれは動揺し、地下のヴァイタル・エネルギー貯蔵庫を訪れたが、それはなんの音もたてない。メンタルまたは音声によるコンタクトをとることはどうしてもできなかった。かれは意気消沈して非実体化し、光の地平の手前にある最後の方位確認ポイントを訪れる。

そこで番人に出会った。

それは、覆面をした姿を思わせる石の物体で、輪郭からグレイ領主の石像だと判明するまでに、しばらく時間を要した。記念碑のようだ。からっぽのフードがグレイの光をはなっている。

「とまれ！」番人がしわがれ声でいい、同時に石像が動いた。「おまえのような者は、この先には進めないぞ！」

「なぜだ？」偵察員はたずねた。恐ろしい疑念が湧いてきた。意識がなんとなくむずむずする。やはりそうか。ここにはグレイ生物がいる。非常に大規模なグレイ作用がひそんでいる。かれはそれを感じとり、内心驚愕した。この場所にはありえないもの、あってはならないものだとわかっていたから。

「ここはニー領！」番人がいう。「おまえがいるのは、ニー領の境界だ」

「ニー領だって？　どこにある？」あえぎながらたずねた。「以前はなかったぞ！」

「数深淵年前から存在する。時空エンジニアと光の地平に対する、グレイ領主の稜堡だ。わかったか、時空エンジニアの偵察員？」

パニックに襲われた。番人は自分の正体を知っている。つまり、領主ガヴォーがこちらとの会話から結論を出し、のこりのグレイ領主たちに警告したのだ。そしてかれらは、おそらくその時点ではまだ計画していなかったことを実行にうつしたのだろう。

自分はそれに貢献したことになる。

「わたしを足どめすることはできないぞ。たった一回のテレポーテーションでニー領を突破してやる！」

「やってみるがいい」と、石の番人。「スタルセンの都市外壁に行ったことはないのか？　都市がスパイ対策を完備しているのを体験したことはないのか？　グレイ生物は、光の地平に侵入しようと待ちかまえている。いつしかそのときはくるだろう。時空エンジニアのつくった保安設備がいまや自分たちに向けられるのだ」

偵察員は逃げだした。深淵の地の外へ逃げこみ、気持ちをおちつけて思考をまとめる。すこしずつニー領を探っていくと、石の番人の言葉にたがわず、光の地平を隙間なくかこんでいることがわかった。巨大なグレイ領域が生じており、光の地平や創造の山へ行く道はもはやない。

時空エンジニアよ、わたしにはもう手助けできない！　かれはあきらめ、同時にかつての疑念が恐るべき真実であることを悟った。時空エンジニアはあるとき創造の山へ行く道を閉鎖し、深淵穴もふさいだ。創造の山へのアクセスはもはや存在しないし、スタルセンにある深淵穴も孤立している。いまや光の地平も、深淵の地のほかの部分から隔離された。時空エンジニアがもたらした孤立は、深刻な過ちだったのだ。

奇蹟でも起こらないかぎり、これが終わりのはじまりなのだろう。偵察員は、そう認識した。

最後のアプローチとして、力まかせにニー領に侵入しようとしたが、グレイ生物のほうが強かった。かれは、意識にかぶさってくる深淵作用をかろうじてまぬがれ、石の番人のところにもどる。石像はさらに大きくなっていた。たえず拡張しつづけるグレイ領主の勢力のシンボル、あるいはその強さのレベルをあらわしているのだろうか。

「わたしのいうとおりだっただろう」番人がかれを迎えた。「なぜ信じなかった？　おまえの試みはすべて、石となったわが神経繊維に振動を起こす。石化すればするほど、それを強く感じる。だがわたしは、おのれの意識もまた石となる日を待ちこがれているのだ。そうなれば、わたしの存在は終わる」

番人の思考には悲劇的な調子がある。

「あんた、だれだ？」偵察員はたずねた。

「石だ。グレイ領主だったが敗北し、罰としてグレイ生物から閉めだされて石の部屋に送りこまれた。この罰を受けた最後の者だ。いまではもっと強力な懲罰手段がある！」

「どのような？」

答えはない。番人の意識が石化して消えるのが感じられた。石像は振動しはじめ、亀裂が生じた。それがきしみながら砕け、粉のような細かい埃となってニー領の境界に舞いおりた。

偵察員はぞっとして非実体化した。もはや故郷を持たず、時空エンジニアのいる光の地平にもどれるときがくるかどうかもわからない。じつのところ、もどれるとは思えなかった。そう望むことしかできず、唯一のよりどころである予言に思いをはせる。

かれは、シャツェンにもどることにした。

＊

保管係はまたしてもかれを追いまわした。無意味な行為なのに、気づいていない。保管係たちは、かれが展示物を過去の遺物と呼んだことが気にいらないのだ。かれらにはそれでは不充分で、自分たちの宝を技術工芸品と呼べといいはっている。

シャツェン全土をめぐる狩りとなった。この領地は博物館そのもので、陳列棟が何列にもならんでいるばかりか、野外にも展示物が陳列されている。保管係たちは領地内に無計画にちらばる小屋に住み、たがいを訪問し合うことはほとんどないが、偵察員を追跡することでコンタクトが生じていた。だが、じきにかれらが興味を失ったため、偵察員はテレポーテーションをやめて中央博物館の入口そばに腰をすえ、待った。その甲斐《かい》はあり、しばらくするとすっかり疲労したグルシュウ＝ナスヴェドビンがあらわれた。

「こんなことをつづけるわけにはいかん」アレスタワン人が高く細い声でいい、背中にいる共生体ツィルミイが叱りつける。「そういうわけにはいかん、箱よ！」

「わたしはなにも要求しない」偵察員がいった。「ただ、故郷と呼べる場所がほしいだけだ！」

「あんたを技術工芸品とみなそう」保管係が提案し、「それならふさわしい場所がある！」

そういって、自分の管理する博物館群がある、隣国との境界に向かった。偵察員はあとを追い、部屋のひとつに入る。そこでグルシュウ＝ナスヴェドビンが、一台座をさししめした。

「からっぽだろう！」保管係は甲高い声でいった。「大昔に盗難があったのだ。研究のためにシャツェンにやってきた不正直な訪問者が、陳列品を持ち逃げした。それ以来、台座はあいている！」

「そいつをもらおう」と、偵察員。「ここで休むことにする」

「よかろう。盗難にあわないよう、すべてととのえてやろう」

「いや、なにもする必要はない。忘れるな、わたしは時空エンジニアの偵察員だ。いつでも出動できなくてはならない」

「最後の訪問者であるわれわれを追いはらうのか」グルシュウ＝ナスヴェドビンはむきになった。「どのみち、わずかしか訪問者はいないが！」

「わたしはここにとどまる。この箱のなかにある秘密はだれにも知らせない！」

偵察員は光を吸収する黒い物体として台座に鎮座した。技術工芸品にはまったく見えない。グルシュウ＝ナスヴェドビンはとほうにくれて、しばらく周囲を歩きまわった。

「秘密とはなんだ？」

「すべての者がほかの者の知識を得られるわけではない」

保管係は無言で踵《きびす》を返し、意外なほど早く部屋を出ていった。なんの連絡もないまま長い時間が経過し、偵察員はしだいに悲しみと孤独に満たされた。光の地平から長時間はなれていたために諦念が意識内にしのびこみ、もう深淵の地を移動する力はない。避けられないおのれの運命と戦い、それを純化しようとするうち、態度がますます無遠慮でずうずうしくなる。そうすることで埋め合わせたのだ。やがて、かれの状況をどことなく理解したらしい保管係がやってきて、メンタル・レベルで話しかけてきた。

〈箱を開けろ！〉グルシュウ＝ナスヴェドビンがもとめた。〈価値あるヒントをこれまでさんざん出しておきながら、せめてわたしにはかくすべきじゃないだろう。あんたは

われわれに借りがあるはず！〉

〈おろか者！〉偵察員が応じる。〈わたしが秘密を明かすのは時空エンジニアまたは深淵の騎士だけだというのが、まだわからないのか？　保管係がわたしになにか要求したり、たのんだりするとは、笑わせる。わたしは自由意志でしか開かないぞ！〉

〈どうしてもか？〉

〈そうだ！〉

保管係は去ったが、また何度もやってきて、そのたび偵察員にはねつけられた。しまいに偵察員は返事もしなくなる。憤激した保管係は破壊してやると脅したが、偵察員は平然と受けとめた。破壊は不可能だし、必要なら使える武器は充分にある。これまで必要にならなかっただけだ。

「われわれ、とんでもない害虫をしょいこんだものだ！」さらなる一深淵年が終わりに近づくころ、保管係が文句をいった。

「害虫というが、時空エンジニアの害虫だ！」と、返事があった。

「あんたとかれらでは比較にならん！」グルシュウはぶつぶついう。背中の共生体は、こんどは黙っていた。

「ばかな保管係だ」陳列物がいいかえす。「わたしは偵察員で、時空エンジニアの側近だぞ！」

保管係は去っていく。ドアのところでもう一度向きを変え、

「偵察員だと！」といって、笑い声をたてた。「とんでもない！　狂ったホルトの聖櫃《せいひつ》ではないか！」

5

テングリ・レトス＝テラクドシャンは、鋼の支配者としてスタルセンにきたときのことを思いださずにいられなかった。かれは、破滅的な階級支配を廃止するつもりだったが、くるのが遅すぎた。助修士長およびゲリオクラート最長老の権力がすでに定着していたのだ。二名は領主たちの支援を受けて、たやすく外部からグレイ作用を都市にもたらすことができていたはず。だが、カタストロフィは最後の瞬間に回避された。

アトランとジェン・サリクが到着したあと、全員で深淵の地に行った。それ以来、三人はグレイ生物の執拗な前進をとめるために戦っている。ムータンとシャツェンを訪れ、部分的成果をおさめた。だが、いまやまた、くるのが遅すぎたと判明した。ジャシェムの助けを借りても、さらなる成果をあげられていない。ヴァジェンダや光の地平を案じるのが自分だけではないことは、わかっているのだが。

レトスは、終わりがないように思われるパイプに沿って進み、十五分後に飛翔装置をオンにした。かれのからだとともにプロジェクションとなった半有機コンビネーションが、内蔵ネットワークを通して、銀色にきらめく繊維にエネルギーを補給する。

やっと明かりが消えて、パイプの終わりが目に入った。そこから出るとすぐに、開か

れたドアの隙間に向かって飛行し、肩から入ってさっと通りぬける。さらに開口部が見

えた。すくなくともジャシェム二名の向かった方向ではないかと推測する。

方向の転換を頭に入れ、地下施設の全体図を想像してみたが、じきにあきらめて、目

の前にあるものに注意を集中させた。

レトスはグレイ作用を感じた。上から押しよせて、すべてに浸透していく。飛行通過

中の通廊の天井に奇妙な筋が形成されるのは、物質が変化しはじめたしるしだ。グレイ

生物はサイバーランドの地表だけではなく、あらゆる側面にひろがっている。下方にも

侵入し、地下施設を征服しつつある。

ジャシェムたちには抵抗の意志が見られない。

通廊が終わり、多数のハチの巣形構造物が表面にあるドーム状の場所に出た。二名の

ささやき声がそこから聞こえてくる。レトス＝テラクドシャンはコンビネーションに指

示をあたえて不可視化し、飛翔装置を切った。ハチの巣のへりにそっとおりたち、慎重

に迷宮に入っていく。ここでもまた、開いた壁やドアが道しるべとなった。ジャシェム

二名は、ここでだれかに見つかるとは計算に入れていないのだろう。

そのときだ。かれらの姿が目にとまった。二名ともパッシヴ体と呼ぶ形態をとり、動

きもなければコミュニケーションもとっていない。だが、二分とたたないうちに動きはじめた。視覚環を持つほうがフォルデルグリン・カルトだとわかる。カルトがいった。

「これでいい。われわれだけのほうが、テクノトリウムに到達するチャンスは大きい。同胞に対する配慮が必要だ。何千もの駆除者を見たら、肝をつぶすだろうから。あるいは、深淵の騎士がいることに耐えられないかもしれない」

「クリオを連れてくるべきだった」カグラマス・ヴロトが応じる。「サイリンはおちつきをあたえてくれる。彼女がいると、勇気が出るんだ。どこにいる？」

「アトランのところだ。急いでもどるか？」

二名はそうしないことに決め、前進していく。頭上の天井がぱきぱきと音をたて、こぶし大の塊りが割れて落下した。かれらはペースを速めて地下施設の一部を進んだ。レトスは不可視状態のまま、あとを追った。

「数百深淵年前に〝かれ〟が浮遊バスを保管した場所まで、あとすこしだ」カルトがいう。二名は一エアロックに達し、それが開いたところで入りこんだ。レトスはすぐあとにつづく。からだが触れて存在に気づかれないよう、注意した。

「サイバーモジュールを呼べば、もっと早く到着するだろう」ヴロトが提案。二名は呼びかけたが、サイバーモジュールはこない。いまや、かれらも不安になっていた。

「われわれ、隔絶している。もう包囲されているのかもしれない」と、認識する。「アトランはどうしただろう?」

二名はある門の手前でとまり、耳を澄ませた。金属を通して雑音が聞こえてくる。戦闘の騒音だ。レトスは思わず深く息を吸いこんだ。このドーム内に、侵攻してくるグレイ軍と戦うほかの部隊がいるとは考えられない。つまり、これはビーム発射で壊せなかった円形劇場のサイバー門に違いあるまい。

レトスは姿を見せるときだと思い、ジャシェム二名を追いこして行く手をふさいだ。可視化したとたん、かれらはびくっとしてしりぞいた。レトスはコンビ銃を抜き、発射口を威嚇的に光らせる。

「三人でこのカタコンベを出るか、あるいは出ないかのどちらかだ」鋭い声で告げる。「裏切りは許さん。時空エンジニアをだますのはいいが、深淵の騎士には忠実にふるまえ。門を開けろ!」

ジャシェムは驚愕のしるしを見せた。感覚器官の伝えてくることが信じられないようだ。サイバネティクスに助けをもとめるが、なにもあらわれない。門の横の壁が壊れ、大きな塊りが落下した。クリスタルが断続的に変化していく。

「グレイ作用だ。逃げよう!」カルトがうめく。視覚環で、揺らめく発射口を凝視した。

レトスは要求をくりかえした。

「門を開け!」

フォルデルグリン・カルトは大急ぎで壁の突出部に接近した。その部分が開き、カルトはいくつかレバーを操作する。門が勢いよく開いて、戦う二陣営が目の前にあらわれた。同時にジャシェム二名の背後からこぶし大のサイバーモジュールが出現し、無差別に射撃をはじめた。

「アトラン！」レトスは声を張りあげた。「はなれろ！」

ほとんど同時にボンシン、クリオ、アルコン人があらわれ、サリクとソクラトがつづいた。駆除部隊が怒濤《どとう》の勢いで門を通過すると、すかさずグレイのサイバネティクスを攻撃しはじめた。

深淵の騎士たちとオービターは、あっという間に大混乱のまっただなかにいた。かれらは防御バリアで守られているが、ジャシェムの命があぶない。すぐに安全な場所にかくまうよう、レトスが手配した。つむじ風が近くの部屋にかれらを運び、つづいてのこりの男たちとサイリンを連れていく。駆除部隊が戦って進路を開く。あらたな避難所へのドアが破られると、外にサイバネティクスは一体もいなくなり、数個の金属塊が転がるだけだった。深淵警察はそれまでの争いをやめ、本能的に連合してグレイ作用を振りきったのだ。密な防衛線となって次の攻撃にそなえている。

「前進！」レトスが大声で呼びかけた。「カルト、われわれを浮遊バスに連れていくのだ！」

レトスと視線が合うだけで充分だった。推察したとおり、テクノトールはわれわれを置き去りにしていくつもりだったのだ。だが、それはもう終わった。わたしは大駆除者を呼びよせ、ジャシェム二名をひそかに見張るよう依頼する。われわれをあざむく機会をもう一度あたえるわけにはいかない。カルトがしめす方向に後退しながら、わたしはテクノトール二名と会話した。

「深淵の騎士の命を危険にさらすとは、軽率なことだ」わたしはきっぱりといった。

「きみたちが時空エンジニアを尊重しないのもうなずける！」

ヴロトの発話口から怒りの叫びがもれた。跳びかかってくるかに思われたが、横を進むクリオを見て、かれは目を閉じた。

「すまなかった」と、応じる。「われを失っていたのだ。グレイ作用のせいにちがいあるまい。あのときは気がつかなかったが、いまはまたサイリンがそばにいるので……」

かれは途中で言葉を切った。

「そうでしょう？」玩具職人が声を張りあげる。「若がえったこのからだを見られるのは、ほんとうに大きなよろこびのはず。わたしより美しいサイリンはいるかしら？」

「もちろんいない！」カルトが熱意をこめてきっぱりといい、ヴロトも同意する。

*

「よかろう」わたしはうなずいた。「きみたちの行為は、前進しつづける深淵作用のせいだとしておく。つまり、あのようなことは二度と起こらないわけだな」

「そうだ」ジャシェムは声をそろえて応じたが、説得力はない。

われわれは避難所を出て、まだ機能する搬送ベルトのある通廊に入った。カルトが最高速度にセットすると、われわれは浮遊バスのある方向に数キロメートルの距離を運ばれていく。

「施設のこの部分も大気工場の一部なのか？」ジェンがたずねると、カルトは肯定した。

「しかし、地上にある部分はとっくに放棄した。もうすこしで着く。浮遊バスは、ドームのいちばん奥のホールに保管してある。わたしの直接的影響力はそこまでだ！」ジャシェムはまたしても一人称で話した。たいていは自身を〝かれ〟と表現するのだが。

〈ある意味、それにはメリットがある〉付帯脳が告げた。〈その先は、かれはわが道を進めない。あとはテクノトリウムのジャシェムにゆだねるだろう〉

わたしはそれ以降、ジャシェムが周囲の出来ごとに反応したり、異状がないことを確認するコマンドを大気工場に送ったりすることに注意をはらった。

搬送ベルトの終わりは細い桟橋になっていた。地下フォーム・エネルギー湖の岸にある。われわれは一トンネルに向かって急ぎ足でわたった。すると、カルトがいった。

「ここはわたしのバスルームだ！」

「かれ、ちょっとおかしいな」ボンシンが断言してから、いいなおした。「ジャシェムはこうしたフォーム・エネルギー湖で水浴びすることで、混合エネルギーを浸透させてとりこみ、栄養を補給するんだよ」

「それならバスルームというより食堂だな」ソクラテスがすぐそばでどなり声をたてたので、全員の耳にこたえた。「ジャシェムというのは粗野な種族だ。バスタブで食事するとは、退廃もいいところ！」

「われわれは深淵の技術者であり、そもそももっとも重要な種族だ！」ヴロトが声を張りあげた。ソクラトの言葉の奥にあるユーモアのニュアンスが理解できなかったらしい。

先頭を行くレトス＝テラクドシャンがふいにとまったので、わたしはその背中にぶつかった。前方のトンネルから、忘れようもない姿がうようよと出てきたのだ。腕二対と脚一対を持つ頑丈な胴体。頸はなく、シリンダー状の頭がのっている。頭の上半分をかこむリング六本は感覚器官で、たえず色を変化させている。ライトグレイの皮膚は非常に強靭《きょうじん》で、ひとつなぎの戦闘服を着用している。

「領主ムータンのソルジャーか」と、サリク。「やめてほしいものだ」

トンネルからあふれでてわれわれを襲ってくるのは、まちがいなくグレイ領主の軍隊だ。われわれが防衛のことをきちんと考えるより先に、はげしいサーモ・エネルギーをティランに浴びせかけてきた。防御バリアがフル作動する。

最初のラタンも見えた。大小の大きさがある翼竜で、頸の上に頭ではなくとがった角《つの》を持つ。ソルジャーほどの装備はないが、背後から突き刺してくるので、より危険が大きい。これらの人工生物が生まれるようすは、ムータン領のヴァイタル・エネルギー貯蔵庫周辺にある洞窟で、われわれも実際に見聞きしている。

〈領主ムータンは数百万のソルジャーをニー領に送りこんだ〉論理セクターが言及。〈ソルジャーがここにいるからといって、領主みずからがサイバーランド攻撃に関与していることにはならない！〉

そのことなら、いわれなくても思いついただろうと、わたしは思考した。そんなコメントよりも、解決法を見つけるのを手伝ってほしい！

われわれは桟橋をあとにし、湖の上方を飛行した。眼下のフォーム・エネルギーは虹のあらゆる色に揺れ動いている。

「アトラン！」カルトの声だ。「あのなかに飛行する。あそこに開口部がある！」カルトは腕を長く伸ばし、入江になっている部分をさししめす。

ソルジャーたちはわれわれの意図をすでに見ぬいた。ドーム内のせまい空間でどのような行動パターンがあるか、すべての可能性をかれらの高性能なコンピュータが計算したからだ。ラタンが群れをなして飛びたち、襲いかかってくる。だが、わたしは白い防護服の大群に目を向けていなかった。われわれに忠実な駆除者たちがこちらと攻撃者のあいだに立ちはだかったのだ。かれらはわれわれの背後を守ると同時に、フォーム・エネルギーからなる湖の上に嵐を巻き起こし、あちこちで放電が生じた。

カルトが先頭を飛び、すぐうしろにヴロトがつづく。二名を見張っていた駆除者が、サイバネティクスを使えないジャシェムをさっさとつかみ、水面から五メートルの高さを引っ張って進んだ。

入江には暗い部分がある。そこが開口部で、奥から炎のような光が見えた。つまり、サイバネティク設備がまだ機能している場所だ。カルトが命令を出し、それがいまや実行されていく。

われわれは開口部を通り、一ホールに入った。壁にあらゆるものが反射し、われわれの像が十数個も重なってうつしだされている。

「このホールの奥に浮遊バスの保管所がある」カルトはいい、そのまま運ばれて空中を進んでいく。われわれは複雑な気持ちであとを追った。背後から駆除部隊が押しよせるように入ってくる。全員が到達すると、開口部はまた閉ざされた。

「われわれ、敵を撃退した」大駆除者が報告する。「大きなダメージをあたえた！」

ほかのケースであれば、勝利のコメントをただ安穏と受けとることはできなかっただろう。だが、ソルジャーもラタンも意識を持たない人工有機物なので、わたしはなにもいわない。それに、もっと重要な問題があった。一コンソールを操作していたカルトが大声でののしりはじめたのだ。すぐにヴロトがそちらに行き、サポートする。

「だめだ」かれは、すっかり気を落としていった。「反応しない！」

われわれはカルトに近より、不機嫌の理由を知った。かれの思考命令にサイバネティクスが応えないのだ。光をはなつコンソールをよく見ると、かすかに振動している。さまざまな場所にへこみができ、そこからいきなり細いエネルギー繊維が伸びだしてきて床に達し、その部分が燃えて穴が生じた。

わたしはティランの武器をふたつ作動させた。武器はジャシェム二名をわきにどかせると、コンソールにビームを浴びせて溶解する。それは液状になってぴくぴくと動き、泡立った。ふつう、サイバネティク・ユニットがこのような反応をすることはない。つまり、グレイ作用による変異現象だろう。そのとき、わたしも脳に鈍い圧迫を感じた。居どころを突きとめられたということ。グレイ生物はわれわれを全力で攻撃してくるだろう。これまでは小競《こぜ》り合いにすぎなかったのだ。

「壁を破壊せよ！」駆除部隊に指示を出す。

数百の筋が、鏡のように反射する壁に向けられた。壁は燃焼して穴があき、一部は倒壊する。それと同時に、変異サイバネティクスによる攻撃がはじまった。グロテスクな被造物が突進してくる。ジャシェムの製品なので、ソルジャーの数倍の能力を持つだろう。ジャシェムは充分な時間があれば、ティランに打ち勝つことすらできるのではないか。実験をしてみるつもりはないが。

「浮遊バスはあっちだ！」ヴロトが声を張りあげた。

〈つむじ風！〉わたしは気持ちを集中させる。すぐに若いアバカーが横にあらわれた。

〈いまだ。きみにできることを見せてくれ！　浮遊バスのなかに！〉

サリクとクリオが消え、レトスとソクラテスがそれにつづく。次はジャシェム二名、最後にわたしと大駆除者がボンシンによって運ばれた。浮遊バス内で実体化したとき、すでにエンジンがやかましい音をたてていた。透明なルーフを通して見ると、ホール屋根の一部が開かれ、深淵の地の一様に明るい空があらわれている。それは、虹色だけのジャシェム帝国において付加要素をなすものだ。この比類なき光景は〝壁〟が空の色をうつしだしているせいだが、目が強く刺激されて不快な反応が生じた。サイバーランド上方に目を向けると、狂乱の多彩色という言葉が思い浮かぶ。

しかし、まもなく上方は暗くなった。駆除者たちが押し合いながらほかの複数の浮遊バスに乗りこんで、追跡者の行く手をふさぐあいだに、屋根の開口部が敵のあらたな群れに占拠されたのだ。最初のビームが発射された。

「工場周囲は包囲されている。それを破って出ることはもはやできまい！」カルトがうめくようにいった。

わたしは頭をすこしさげた。脳内の圧迫が強くなっている。もう長くは抵抗できそうにない。じきに意識を失うだろう。

「警戒しつつ、スタートしてくれ」わたしは小声でいった。「エンジンと防御バリアはフル作動！」

「無理だ」ヴロトがあえぐ。「浮遊バスには防御バリアがない！」

＊

ここからは文字どおり秒刻みで進行した。上からエネルギーの斉射を浴び、周囲で烈火があがるなか、浮遊バスがいっせいに動きだす。

「待て！」わたしに思いついたことがあった。われわれや駆除者の乗っていないバス数機のなかへ、ボンシンとともにテレポーテーションする。そこでオートパイロットをプログラミングし、自分たちの浮遊バスにもどった。そのとたん、自動操縦にした浮遊バス数機がスタートし、開口部に向かって上昇していく。

バスは見えない障害物に衝突し、どぎつい光が飛び散った。グレイ部隊は、開口部の上空に封鎖フィールドを張りわたしたのだ。つまり、敵の人的補給に問題はないということ。このとき、下では変異サイバーモジュールによる攻撃がはじまった。

わたしはふたたびボンシンの手をとった。

「上昇だ！　フィールド・プロジェクターを見つけなければ！」

われわれは非実体化し、地下湖のそばにきた。ソルジャーやラタンの姿はない。おそらく浮遊バス保管所のそばにいるのだろう。二度めのジャンプで地表に到達した。ジャシェムの大気工場は三キロメートルはなれた場所にあり、背後に〝壁〟がそびえている。そのあいだの平地は、動く姿でいっぱいに埋まっている。

わたしはアバカーの手をはなし、封鎖フィールド・プロジェクターを探して周囲を見まわした。まだだれにも気づかれていない。グレイ生物の軍隊が〝壁〟を通って持ちこんだ戦闘用設備が山のように積まれており、われわれはそのうしろにいるからだろう。

「なにも見わけられない」つむじ風がささやいた。「あるとしたら、あそこかな。ソルジャーの群れのまんなかあたりに、なにかあるよ！」

ボンシンをわきにどかせてかれの位置に立つと、ソルジャーの半分くらいの高さの円錐形のものが見えた。プロジェクターにちがいあるまい。周囲に人工生物が群がっているが、かれらの注意は開口部に集中しているようだ。

「あそこへ！」わたしは隙間になった場所をさししめし、もう一方の手でアバカーの手をとる。同時に、ティランへの出動命令に思考を集中させた。

われわれは消え、次の瞬間、すでに戦士たちのなかにいた。すぐに見つかってもかまわない。わたしは分子破壊モードにした武器をふたつ作動させ、その破壊的エネルギーでプロジェクターをおおった。プロジェクターがガス化して消滅。ティランは武器を、出したときと同じ方法でのみこんだ。

われわれは発見されたが、ソルジャーの強力なアームは空《くう》をつかむことになった。アバカーとわたしがテレポーテーションでバスにもどると、上方から鈍い破裂音が聞こえてきた。自動操縦で上昇した浮遊バス数機は、もはや灼熱していない。われわれは、駆除部隊に脱出開始の指示をあたえた。

バスはやかましいエンジン音とともに急加速して上昇し、地表から五十メートルの高さで勝手に方向転換した。カルトの説明によると、浮遊バスには、深淵定数に触れて飛行不能におちいり墜落するのを防ぐための安全装置が複数ついているという。

あちこちでこうむる命中弾やビームを、計器が次々と記録する。墜落したり、ダメージを受けて緊急着陸したりするバスが一機もなかったのは、奇蹟といえるだろう。だが大気工場から三十キロメートルはなれた、サイバーランドのかなり外側に進んだところで、ついに一機が作動停止した。バスは地面にめりこみ、乗っていた駆除者たちが外に出てくる。数機が着陸してかれらを分乗させた。

「テクノトリウムへコースをとる！」フォルデルグリン・カルトがいった。われわれがサイバーランド司令本部に行くのを阻止することはできないと、すくなくとも表面的には納得したらしい。

「待て！」と、レトス。「駆除部隊を乗せた浮遊バスに先行させるべきだ。われわれはまず状況を概観してからにしよう！」

われわれの乗った浮遊バスは向きを変え、ふたたび大気工場に向かった。上から見ると、どれほどの規模で侵略が進んでいるか、概観できる。大気工場の周囲全体にわたって包囲リングが〝壁〟と平行して形成され、ヴロトの重力工場のある方向にのびている。サイバーランドの光景の変化は明白だ。深淵作用がすべてを蹂躙し、あらゆるものがグレイに変わっている。

〝壁〟の構造亀裂を、われわれは発見した。明滅する黒いラインとグレイのへりからなり、多彩色はその周囲に押しやられている。複数ある亀裂から、グレイ領主の軍隊がひっきりなしに出てきて、俊敏かつ規律的に四方にひろがっていく。このプロセスを見れば、攻撃は時間をかけて念入りに準備されたことがわかる。ソルジャーとラタンの姿も見えた。グレイ領域以外の場所だと、ラタンはまたたく間に塵《ちり》と化すが、ソルジャーは短時間とはいえ存在できる。

フォルデルグリン・カルトがおさえた叫び声をあげた。かれにかわってカグラマス・ヴロトが浮遊バスの操縦を引き受け、現場に接近させる。グレイ作用との境い目まで果敢に飛行した。われわれの注意は、グレイ領域を走りまわるさまざまな生物に向けられる。グレイの領主によって徐々に雇い入れられた、諸種族の生物だ。

「かれらを知っている！」テクノトールの口から言葉がもれた。「見たことのある種族がほとんどだ。ククパククス、イグヴィ、マルシェン＝プリントの箱形生物プリンター、シグナル領域の住民……いずれもニー領の周囲にいる。これはほんとうに大変なことだ。光の地平をかこむリングはますます大きく強力になっていく」

「ジャシェムにとっては、いいかげんに介入するべき理由がひとつ増えたではないか」わたしはいった。「きみたちの種族の者はどこにも見あたらない。大気工場が操作されたことを知らせるべきテクノトールは、どこにいる？　グレイ部隊が操作を除去して危険なくすみやかに侵攻してくるまで、あとどのくらいあると思うんだ？」

二名のどちらからも返事はなかった。わたしはカルトに、そろそろ方向転換してサイバーランド司令本部に向かうよう指示した。カルトはしたがったものの、ことあるごとに抜け道はないかと探している。

「アトランのいうとおりだ」しばらくしてヴロトがいった。「きみの良心に訴える、カルト。深淵の騎士はテクノトリウムで話をしなければならない。でないと、わが種族はおしまいだ！」

「わかっている」大気工場のテクノトールが応じる。「わたしも賛成だ。しかし、同胞をどう説得するべきか、わからない！」

「それはわれわれにまかせてくれ」と、ジェン・サリク。「なにかしらきっと思いつくさ！」

グレイの領主がジャシェム帝国への総攻撃を告知したことは、もはや疑いを入れない。つまり、光の地平およびヴァジェンダへの攻撃は間近に迫っている。高度な技術を持つジャシェムは、最後の大きな砦だ。サイバーランドが陥落すれば、ヴァジェンダと光の地平も失われる。

ジャシェムの傲慢さは現状ではまったく場違いなものだが、理由はあるのだろうと、わたしは思った。かつてジャシェムと時空エンジニアのあいだになにがあったのか、ヴロトとカルトもそろそろ腹を割って話すべきではないか。しかし、二名ともかたくなに口を閉ざし、目の前にあるものしか見ようとしていなかった。

6

フルジェノス・ラルグとコルヴェンブラク・ナルドは、サイバーモジュールの複合体でできた輸送バンドで転送機ドームに向かった。あいだに建つ建物は、暴風雨のさなかにあるように大きく揺れ、その外観をたえず変化させていく。だが、テクノトール二名はいっさい気にかけない。かれらは精神を集中させ、思考操縦でサイバーモジュールの動きを変化させる。開口部やスリットができると、そこを輸送バンドで通過した。真っ暗なトンネルを通りぬけ、都市にいきなり流れこんでくるエネルギー流をこえてわたる。誘惑的な色彩を見てラルグは空腹をおぼえたが、抑制した。一深淵年ぶんのエネルギーは充分にある、と、自分にいいきかせて。

かれらが無言ですわる数メートル四方の輸送バンドは、空飛ぶ絨毯さながらに、直線コースでドームに向かった。波打つ色彩のなか、ブルーグレイの金属が静的で陰気な光をはなっている。ほかのすべてのドームと同じく、土台の上にだんだん細くなる塔が鎮座している。てっぺんにある試験管または聖杯のような物体の外側は、色とりどりに輝く無数の切子面からなる。試験管の上部はひらたい屋根で閉ざされていた。

フルジェノス・ラルグは、追加で形成した数個の目を同行者に向けた。放射能工場の長であるナルドはそわそわとからだを前後に動かし、たびたび注意を背後のテクノトリウム……同胞が待つ球形構造物内のほうに向けている。

〈もっと速く!〉ラルグの思考にサイバーモジュールは反応したが、速度はほんのわずかしか上昇しない。波打つ建物に開口部ができたので、飛行して通りぬけた。ところが、転送機ドームはサイバーモジュールで構築したものではなく、堅牢かつ不動な構造物なので、よけてくれない。かれらはすでに接近しすぎていて、転送機ドームはますます高くそびえていく。輸送バンドは土台部分に五十カ所ある出入口ゲートのひとつにジャシェムを運んでおろし、そのそばの地面に着地した。

ジャシェム二名は、じりじりしながらゲートが開くのを待つ。ラルグにはすべてが緩慢すぎる気がした。出入口を入ると、一刻も早く土台部分の中心に着きたいと思い、通廊を急ぎ足で進んだ。同行者に呼びとめられ、かれははじめて足をとめた。

「待て!」コルヴェンブラク・ナルドはあえぐ。「深淵の独居者がわれわれと話をするかどうか、まだわからないではないか。独居者は監視システムを持ち、帝国内の出来ごとを随時知ることができる。つまり、グレイ生物の侵入については知っているはず。だったら、なぜ連絡してこない? ジャシェムにとって重要ではないからか、上にもグレイ作用が存在するかの、どちらかだ！」

「ニュートルムにグレイ作用が？」

フルジェノス・ラルグの質問にはあざけりがふくまれている。そんなこと、あるはずがない。ニュートルムは深淵定数のかなたに存在するんだから。そこに到達するには、独居者の操作する転送機を使うしかない。

「不安なんだな」ラルグは強い口調でいった。「ジャルヴの提案が意識を揺さぶっているんだろう。ここにのこりたければ、のこるがいい。〝かれ〟は塔にのぼるぞ！」

ナルドはうめきに似た音声を発した。わけのわからないことを小声でつぶやく。ラルグに大声でたしなめられ、口をつぐんだ。二名はブルーグレイの通廊を出て、明るく照らされたホールに入った。壁のいたるところに開口部やゲートがある。土台部分の内部には迷路のように大小さまざまな空間があって、そのすべてが転送室となっている。

どれかの転送機を作動させて、すこしのあいだサイバーランドの外に出てみようかと、ラルグは一瞬考えた。外を見まわして、周辺地域やグレイ生物についての情報を集めるために。だが、次の瞬間、不敬きわまりない考えをいだいたことに仰天した。かれの行為はいやおうなくすぐに発見され、テクノトリウムの同胞に裏切り者とみなされるだろう。だめだ、ばかな考えだ。ラルグはナルドに気づかれないよう、なるべく無関心をよそおった。だが、それがよけいに注意を呼び起こしたのか、

「なんだ?」と、相手がたずねてきた。

二名がやってきたのは、それぞれドームの別領域に通じている、大小さまざまな反重力シャフトの集まった場所だ。かれらの目的地に行くのは、中央のもっとも細長いシャフトだった。機能することを確認すると、ラルグが先に足を踏み入れた。かれは、即座に答えなくてよかったので心からほっとした。交互作用する重力と反重力によって低重力が生じ、やんわりと引っ張られるのを感じる。

「なんでもない」乗り口が眼下でぼやけたころ、ようやくラルグは答えた。シャフトの色が変化したのは、土台部分を出て塔の領域に入ったためだろう。「独居者はわれわれを助けられないのではないかと思っただけだ。あるいは、助ける気がないか。かれは保護されている!」

奇妙なことに、上へ進めば進むほどかれらの不安は増した。しかし、なぜ気分が変化したのか、納得のいく説明はない。できることなら引きかえしたかったが、反重力シャフトを下に転極する方法はなかった。

ますます上昇していく。かれらの下方でシャフトは消え、無限にのびる光となった。上方に赤い炎があらわれ、目に痛みを感じた。感覚器官を刺すような痛みで、かれらは目を自分の内側に向けた。動きがゆるやかになり、ほのかな金色の光が上からあらわれて、二名をのみこむ。次の瞬間、水平方向の力が働き、出口におろされた。深淵定数のまばゆい光がすぐそばにあるため、ラルグは目をしばたたいた。目的地に着いたのだ。そこは転送機ドームの平屋根の上だった。

周囲を見まわすと、屋根を縁どる壁があり、そのへりに凝縮ヴァイタル・エネルギーからなる二重らせんがある。ここに深淵法が保存されているという。コルヴェンブラク・ナルドが恐怖の悲鳴をあげた。

「二重らせんだ！　見てみろ！」

らせんの周囲を微小な光る雲が移動していく。せかせかと狂ったように踊りまわる雲を見て、二名はぎょっとして立ちどまった。

「グレイ生物だ」ラルグが乾いた声でささやく。「もうここまで達したのか！」

どのようにしてここまできたのか、わからない。

「違う」しばらく観察してから、かれは思った。らせんから火花が散って雲に当たり、雲にのみこまれていく。「ありえない。べつの現象だ！」

気持ちを集中させ、所有する精神力のありったけでジャシェムの偉大なる長老を呼んだ。天空の光を貫通してとどくようにと願いながら、思考で像を形成して送る。同時にその場でからだを回転させ、平屋根の向かい側を見た。すると、二色の姿をした奇妙な者が目にとまった。

グレイ生物か！　思考がからだを貫いた。腕一本を伸ばしてナルドをしっかりとつかむこ見まいと思うのに、どうしてもそちらを見てしまう。ナルドのからだの震えが伝わってきた。

「ここを去るぞ！」ラルグはあえぎ、反重力シャフトに向かって移動しはじめた。

「とどまれ！」

その言葉は鐘の音のように心中に響き、屋根のへりに立つ壁に当たって幾重にもこだました。響きがテクノトール二名の緊張を解く。かれらは全感覚をその生物に向けた。からだの一部だけが青く光り、のこりは黒みがかった赤。ふたつの色がしみのように入り組んでいるが、それでもそこは完全に赤色だった。

生物が接近してくる。からだよりわずかに大きいエネルギー・フィールドが、背後でほのかな光をはなっているのが見えた。

からだの大きさはジャシェムとほぼ同じで、目つきも同胞のものだ。らせんの周囲では、微小な雲のせわしない動きがさらにはげしくなった。そのときふと、ラルグは生物の目に無限の英知が宿っているのを見て、上体を軽く折り曲げる。ナルドもならった。

あやうく思い違いをしてしまうところだった。ニュートルムにいる深淵の独居者を呼んで注意を引こうとしたのに、いま直面する可能性は計算に入れていなかった。

かれはすでにここにいて、われわれを待っていたのだ。

この二色のジャシェムこそ、深淵の独居者だった。

＊

「ようこそ、わが種族のテクノトールよ！」鐘の音を思わせる声で、独居者がいった。声の響きは、そこにある粗暴さを圧している。確認できなくても、粗暴さがあることはわかった。

偉大なる長老は、ジャシェム二名から身長の三ないし四倍の距離のところでとまった。かれを前にして、ラルグは息苦しさに襲われる。独居者とじかに向き合うのははじめてだし、声を聞いたことすらなかった。二色のジャシェムからは、どことなく陰気な感じの息苦しさが感じられる。深淵法の二重らせんの周囲でうなり音をたてながら乱舞するちいさな霧の塊りに気持ちが乱され、注意をそらされた。

「きみたちを待っていた」独居者は先をつづける。「深淵の地は激動のさなかにあり、カタストロフィのはじまりの兆候はいやでも目に入る。高貴な種族ジャシェムの運命が危機にさらされている。帝国内のいかなる勢力といえども、すべてが破壊されるのを傍観するわけにはいくまい！」

ラルグはナルドに目くばせした。放射能工場のテクノトールに対してかれが主張したのが、まさにこの意見だった。長く考えず、行動に出ること。

「われわれ、行動します」かれは、あわてて断言した。「グレイ生物をサイバーランドから追いだします！」

独居者の目が憤怒の光をはなち、ふいに、すべてをむさぼり食うような印象を帯びた。ラルグは頭に軽い圧迫を感じた。偉大なる長老から放散されるオーラには、陰湿で威嚇的なものがある。非常に独特な生活環境にいるジャシェムがなにを犠牲にすることになるかを、ラルグは感じとった。ニュートルムの環境が肉体的変化をもたらすことは明らかだ。このオーラもそのせいなのだろう。頭の圧迫がいくらかおさまった。

「きみたちは事態の背景を知らない」独居者がつづける。「サイバーランドに侵入した異人のことだ。アトラン、ジェン・サリク、テングリ・レトス＝テラクドシャンという三名の深淵の騎士で、それぞれオービターをしたがえ、駆除者の小部隊をひきいている。時空エンジニアの任務を受けたらしい。それもそのはず、深淵の騎士は、憎むべき時空エンジニアとつねに手を組んでいるのだ！」

「かれらをわれわれの帝国に連れてくるとは、カグラマス・ヴロトは頭がおかしい！」ナルドが吐きだすようにいった。「責任をとらせなければなりません！」

十数個の鐘が鳴るような笑い声が返ってきた。

「ヴロトはおのれの責任だと考えているが、じつのところ、かれの好奇心はたんなる引き金となったにすぎない。深淵の騎士がジャシェム帝国にくることになったのは、時空エンジニアに送りこまれたためだ！」

「かれら、なにをするつもりでしょう？」ラルグの声が震えた。これまでに聞いたことがすべてかすんでしまうほどの、驚くべき告知がなされる気がする。深淵の独居者ははかりしれないほど賢く、あらゆることに配慮しているのだから。

「ジャシェムと時空エンジニアが争い、仲たがいした当時のことを思いだすがいい。ジャシェムが〝壁〟を築いたのは、時空エンジニアがおかした過ちを見なくてすむようにするためだ。まもなく時空エンジニアは、ジャシェムなしではやっていけないことに気づいて説得を試みようと、使者を送ってよこした。われわれは使者を入らせず、何度も肘鉄をくらわせたもの。時空エンジニアがわれわれ種族のかわりを見つけることは一度もなかった。ジャシェムは今日《こんにち》にいたるまで比類なき種族だから。

いま深淵の騎士がやってきたのも、そのためだ。かれらはサイバーランドをグレイ領主に明けわたさせるという任務を負っている！」

フルジェノス・ラルグはまさに大きく跳びはねてしまい、目に見えない抵抗に弾《はじ》きかえされた。平屋根に落ちて本能的にからだをまるめ、立っていた場所から二メートル先まで転がる。

「裏切りだ！」テクノトール二名は不満の声をあげる。「わが種族が犠牲になるとは！」

「もっとひどいことだ。ジャシェムはふたたび光の地平に舞いもどり、時空エンジニアと協働するべきだとされている。時空エンジニアたち、われわれが命をおびやかされて昔の諍いを忘れることを願っているのだ。自分たちの命令にわれわれがしたがい、ともにグレイ領主と戦うだろうと踏んでいる！」

それは悲惨な現実だ。フルジェノス・ラルグは、独居者の告知を聞いて感覚がなくなったような気がした。〝壁〟のなりたちについては最初から正しく解釈できていたが、その背景についてはなにも知らなかった。アルテナグ・ヴァウンの警告をふたたび思う。あのテクノトールは、侵入した異人が騒ぎの原因だと推測したもの。だが、だれも信じようとしなかった。深淵の騎士はヴァイタル・エネルギー貯蔵庫からやってきたため、グレイ生物ではありえないからだ。たしかにそうだが、サイバーランドをグレイに変えて、ジャシェムを追いはらえという任務を受けていたとは。

ナルドを見ると、不安そうに目が動いている。

「いまや〝かれ〟も納得した。すまなかった、フルジェノス」と、うなり声を発した。「譲歩する。われわれ、手を組んで侵入者と戦おう！」

「それでよし」独居者が同意する。「ことのなりゆきだが、深淵の騎士がやってきてすぐに〝壁〟に最初の構造亀裂が生じ、グレイ生物が入ってきたのだな？　これについても責任は騎士三名にある。かれらはカグラマス・ヴロトとフォルデルグリン・カルトを支配下において重力工場および大気工場を操作し、いまやテクノトリウムに向かっている」

ラルグのからだがぶるぶると震えだし、とめようにもとまらない。すこし恥じ入り、とまどって独居者の前に立った。独居者の目がきらりと光る。かれは呪縛されたように感じ、しばらく時間感覚を失った。心内に深い穴が生じ、それがすこしずつグレイの光で満たされていく。

グレイ生物だ。だが、どこにいるのかわからない。境界領域にいるとしか思えないが。

「恐ろしいことだ!」コルヴェンブラク・ナルドが大声でいった。「時空エンジニアがわれわれにしかけているのは、陰険で死につながるゲームです。そんなことがあってはならない。われわれ、許すことはできません。最後の瞬間まで戦います。これまでジャシェム帝国を陥落させた者はいないのだから!」

ナルドはフルジェノス・ラルグのからだをぐいとつかみ、トランス状態から引きはなした。

「そのとおり」と、ラルグ。「ナルドもとうとう考えを変えました。われわれ、すぐさま打ちかかるべきです!」

「きみたちがまずこの屋根を訪れたのは、唯一の正しい行為だった。わたしが待っているのを感じたはずだ。ジャシェムどうしの見えない絆《きずな》は強いが、われわれ三名のそれはさらに強まった」

独居者はそういうと、目を陰湿にぎらりと光らせ、「深淵の騎士を破滅させろ！」テクノトール二名にもとめた。「かれらの階級に気をとられないこと。階級制度は死を招く！　三名とも殺せ！　これが最高命令だ。騎士が死ねば、〝壁〟は再安定化してグレイ作用は蒸発するだろう。こうしてジャシェム帝国は救われる！」

独居者が口をつぐむと、テクノトール二名は進みはじめた。怒りに満たされて目が見えないほどだ。反重力シャフトに突進すると、背後でいま一度、独居者の声が響く。

「わたしの言葉をひと言たりとも忘れるな。ジャシェム全員が知らなくてはならない。第七の〝時の黄昏《たそがれ》〟はすでに終わったのだ！」

二重らせんの周囲にあったちいさな霧の塊り二個が、テクノトール二名に急接近していく。気づかれることなく頭上でしばらく静止してから、それは霧消した。二名の心に非情な決意が芽生える。かれらは深淵の騎士の絶対的敵対者となった。深淵の独居者の言葉と要求が実現するよう、はからうつもりでいた。老賢者の助言が守られなかった例は、これまでひとつもないのだから。

転極した反重力シャフトの力につかまれたとき、ラルグはいま一度、平屋根のほうを振りかえった。独居者の姿はなく、転送フィールドも消えている。

のこったのは陰湿さだけ。だが、二名はそれを心地よく感じていた。

＊

コミュニケーション・センターへの帰途は、時間との競争だった。ラルグとナルドはサイバネティクスを先行させて、もっとも重要なメッセージを送る。空洞球に帰り着いたとき、同胞たちは怒りをおさえきれないようすだったが、二名はまだ無言だ。やがて熱のこもった静寂が訪れると、二名は独居者との会話をかわるがわる報告した。かれらの声には燃える熱意があり、聞く者全員を興奮させた。

時空エンジニアに対して好感情は持たないまでも、殺人者および種族に災厄をもたらす者だとはだれも考えていなかった。深淵の騎士がその手先であり、凶器であるということもだ。

おそらく、ヴロトとカルトはすでに殺されたのだろう。

空洞球内に暗影がひろがり、内壁のグリーンの光が弱まった。ラルグとナルドの話が終わらないうちに、ジャシェムたちは激怒して出口に向かう。

それまで慎重だった者たちも、この裏切りに対して極度の怒りに襲われた。時空エンジニアにわずかでも価値をおくテクノトールは、もはやいない。もっとも邪悪な敵ですら、これほどの陰険さを持ちうるとは考えられない。かれらの多くは自問した。深淵の地でのなりゆきを、コスモクラートは知っているのだろうか？　いや、知らないのだろう。知っていれば介入するはずではないか。

ジャシェムたちは、テクノトリウム上方に風のようにちらばった。サイバーモジュールに動きをとめるよう命令をあたえると、建物も完全に硬直する。その瞬間の模様のまま、色彩も変化しなくなった。テクノトールたちは高性能サイバネティクスの破壊マシンを大急ぎで組み立て、サイバーランド司令本部のぐるりに置くと、周囲に散開していく。時空エンジニアの手先に熱々のもてなしをしてやろうという思考に、全員が例外なく操られていた。その姿はまだ見えないが、接近飛行中という報告がサイバネティクスの使者から入った。

すべてが硬直し、アクティヴ体のジャシェムまでが動きをとめている。この待機時間をあえてパッシヴ体ですごそうとする者は一名もいない。

サイバーランドは固唾をのんでいた。

7

突然に重力が高まり、複数の浮遊バスが同時に停止した。フォルデルグリン・カルトがなにか手を打つより先に、バスは地面に急降下していく。かれは必死で操作したが、エンジンが鋭いうなり音をあげたほかに反応は確認できない。横の下方で轟音《ごうおん》がする。なにかが音をたてて浮遊バスに向かってきたらしい。あとになって見えたのだが、駆除者を乗せた浮遊バス一機が衝突し、壁の一部が内側にへこんでいた。カグラマス・ヴロトが嘆息をもらし、支えを失ってレトス＝テラクドシャンのほうに倒れこむ。レトスは半有機コンビネーションの助けでかれを受けとめた。

最後の瞬間に通常の重力がもどり、浮遊バスは体勢をととのえた。飛行角度は水平に近くなり、地面に触れて引っかきながらしばらく飛んだのち、高度をとりもどす。ちいさく弧を描いて、もとの方向に進みはじめた。

駆除者の一部は着地し、墜落して部分的に破壊した浮遊バスの残骸から仲間を助けだしていた。甲冑《かっちゅう》に似た防護服によって、かれらは損傷からは守られたものの、動揺している。ほかの浮遊バスにかろうじて場所を見つけ、乗りこんだ。

「すべて時空エンジニアの責任だ！」カグラマス・ヴロトがののしる。「干渉してくるとは、許せない！」

そのからだから液体が分泌され、ゆっくりと床に流れて蒸発した。汗のようなものだろうか。ヴロトはわたしの視線に気づいたが、なにもいわなかった。

「確認する必要があるだろうに」わたしは応じた。「グレイ作用の責任がかれらにあると、きみが思っているなら話はべつだが！」

ジャシェムは短い腕で曖昧なしぐさをした。わたしは、かれの当惑を利用して質問することにした。

〈かれからはなんの答えも得られないぞ！〉付帯脳が告げる。

今回は論理セクターが間違いであることを願いたい。かれらもいつかは口を開き、われわれに対していまだに保持している秘密を明かすべきなのだ。

全浮遊バスはすでに上昇し、サイバーランド司令本部めざしてまっしぐらに進んでいく。

「当時、恐るべきことが起こったにちがいあるまい」わたしはヴロトに語りかけた。「同僚のカルトよりずっととっつきやすくなったからだ。どうしてそうなったのか、わたしには理解できないが！」

なにがあったのかと正面から訊けば、返事はなかったはず。だが、ヴロトは大声で語りだした。全員が息を詰めて聞き入る。

「有機的に機能するコンピュータであるあなたには理解できない！」

「ためしてみればいい」わたしは顔をしかめないよう注意をはらう。

「忌むべき話だ」ヴロトは語りはじめた。「時空エンジニアはおのれの任務を汚した。自分たちの使命を忘れ、トリイクル9を再構築するという最初の計画からそれていったのだ。代替品で解決しようとしたのだから！」

ヴロトがすこしこちらに接近した。ブルーの胴体で目の前に立ち、有柄眼二個でわたしをじっと凝視する。

「トリイクル9は、無数の情報プールがプシオン・フィールドのかたちで集積されたもの」かれは先をつづける。「こうしたプシオン・フィールドは数えきれないほどたくさん存在するが、それについてはあとで報告することもあるだろう。まずは、われわれがこのように行動するしかない理由をわかってもらうために、時空エンジニアがおかした罪について話したい。かれらが次から次へと過ちをおかすので、われわれは孤立する以外なかった。時空エンジニアは、トリイクル9を徐々にすこしずつコピイする方法をとらず、不遜にも新しく構築できると思いこんだのだ。決定的だったのは、かれらに能力がなかったせいで、種族放浪という手段を使って再構築のための適切なプシオン性ベースをつくれなかったこと。そのため、自分たちにとって容易に思われる方法をとったのだ。ジャシェムの警告に耳を貸さずに。

わが種族は、しょっぱなから時空エンジニアの試みに立腹していた。それは冒瀆《ぼうとく》行為だからだ。アトラン、蛋白質《たんぱくしつ》とアミノ酸からなるあなたのコンピュータが理解できるとは思えないが……われわれの確信によると、宇宙にひろがってモラルコードを形成しているプシオン・フィールドの二重らせんは、高度に進化した種族が創造したものではない。そこに内蔵されている情報もふくめて、ましてやコスモクラートの創造物などではあるまい。それはかれらよりも……想像しうるあらゆるものよりも……古いのだ。宇宙そのものより前から存在する」

かれが短い間をおいたので、わたしは応じた。

「理解できる！」

「それは驚きだ。だが、深淵の騎士はおそらく時空エンジニアより理解力があるのだろう。モラルコードはつねに存在したし、今後も存在しつづける。最新のビッグバンといえば、この宇宙の誕生を導いたものだが、その前に宇宙を形成していた先宇宙にも、それは存在した。われわれの宇宙のあとの後段階、つまり数十億年ののちにすべてが崩壊して虚無になり、次のビッグバンの準備をする段階にも存在する。モラルコードは、このプロセスに欠かせない構成要素なのだ」

わたしは手で合図し、話を中断した。

「ということは、モラルコードは変化せず、あらゆる宇宙をこえて存続するのか？」

「みずから変化することはあるが、外部から変化をあたえてはならない。保存された情報を修正することは、コスモクラートにしろほかの勢力にしろ許されない。むろん、時空エンジニアもだ。それらの情報はあらゆる存在の最初からコード内に保存されていたもので、コード内の進展によってのみ、変化が可能になる。プシオン・フィールドの結合が弱まったり切れたりすれば、宇宙的カタストロフィにつながる危険が非常に大きい。たったひとつのフィールドが欠けただけでも、大きな災厄なのだ。われわれジャシェムはそう確信しているし、自分たちの話す内容をきちんと理解している」

モラルコードについては、われわれも知っている。かつてペリー・ローダンに答えが要求された、三つの究極の謎の構成要素にもなっていた。われわれはコスモクラートの依頼を受けて、人々および宇宙船とともにその意味を探したもの。

「モラルコードのことをくわしく教えてくれ」と、わたしはたのんだ。「この知識はわたしにとっても非常に重要だ！」

「存在するすべてのものを包括する秘密だ。モラルコードの持つ個々のプシオン・フィールドは、それぞれ特定の宙域を担当する。いずれにせよ内蔵する情報量は莫大なもので、n次元搬送物質、いわゆる〝メッセンジャー〟によって、担当宙域とつねに結ばれている。モラルコードと宇宙全体の情報伝達がたえないようはからうのが、メッセンジャーの任務だ。世界のプシオン性呼吸と呼んでもいいだろう。この絶え間ない情報流があってこそ、宇宙は現在の自然で不変の姿や有意義な構造を保持できる。トリイクル9においては、この流れがとだえてしまった。こえられない壁がそびえてエネルギー湖がまっぷたつに分かれるようなもの。そうなったら、どちらからエネルギーを汲みとるべきか？　この疑問に答えることはできまい。

モラルコードのダメージによって、グレイの先史段階においては宇宙の転極と力のずれがもたらされた。力が持つ元来の統一性は、魂を持つものすべてに内在し、ポジティヴにもネガティヴにも働く能力をあたえるものだが、それが壊れたのだ。こうしてネガティヴな潜在力が幅をきかせるようになる。かつてポジティヴの鏡としてそれを補完していたものは、おのれの役割を捨て、混沌の勢力が勝利することになった。

この力は、大部分の種族が自然法則と呼ぶものに作用する。目に見えるのはほんの一部分で、あとは認識不可能な領域で進行していく。モラルコードという概念は、ある意味で誤解を招きやすい。というのも、善悪の対立を問題とするわけではないからだ。悪は除去するものではない。なぜなら、善は比較においてのみ善といえるのだから。プシオン二重らせんのなかにコード化されたモラルというのは、もっと包括的なものだ。宇宙の意味そのものであり、規制・調整する要素としてあらゆる不条理に対峙《たいじ》する」

浮遊バスのキャビン内はずいぶん前からしずまりかえり、動く者はいない。フォルデルグリン・カルトですら、同胞の言葉に心を打たれて聞き入っている。視覚環の下にある口から、ときどき歯ぎしりに似た音がした。ジャシェムが歯を持たないことは確実なのに。

「なるほど」わたしはうなずく。「時空エンジニアの罪がだんだんわかってきた」

「モラルコードを新構築するというのは、理解不能で悪魔的な脳が考えだしたこと。どうしてそんな考えが生まれたのか、だれにもわからない。だが、最初に考案した者は、その正当性を疑いもしなかった。宇宙生命の微小な枝葉……つまり単独の一生命体にそのような作用があらわれたことは、モラルコードのダメージがすでにどれだけ進行しているかをあらわす示唆だったのだ。ところが、時空エンジニアはさらに踏みこんでしまう。かれらは記念碑的な仕事をめざし、自分たちのÜBSEF定数から新しいトリイクル9のプシオン構造を形成しようと考えたのだ。そこで、旧トリイクル9の基部があった創造の山にどんどん精神的に没頭しだした。正気を失っていたのだろう。コスモクラートがその変化に気づかないと考えたのだから。

われわれジャシェムは警告したり、たのむからやめてくれと嘆願したりしたが、すべてむだだった。コスモクラートに報告するといって脅したところ、理解不能なことが起こり、それによって時空エンジニアとわれわれは袂《たもと》を分かつことになる。時と宇宙をこえてつづく嫌悪が生まれ、それはいまもなお当時のように鮮明だ。時空エンジニアは、スタルセンの上にある深淵穴も、創造の山の麓にある第二の進入路も閉じた。試みをコスモクラートにとめられるのを恐れて、深淵の地を孤立させたのだ！」

「終わりのはじまりというわけか」テングリ・レトスの声が響く。「あとはわれわれ、すべて知っている。深淵の地が孤立したために、深淵種族は望みもしないグレイ作用の危険にさらされたのだ。そのときから、時空エンジニアはグレイ作用との戦いに明け暮れることになった！」

「かれらは宇宙の犯罪者！」ヴロトは怒りをこらえて大声をあげた。「時空エンジニアに協力する者は、みな裏切り者だ！」

かれはすこし歩みよったクリオを見て、

「すまない、愛らしいサイリン」と、ささやく。「だが、いまの報告は真実なのだ！」

わたしは仲間たちに目を向けた。当時、実際になにがあったか、これでやっとわかった。当て推量はもう不要だし、原因を知らないために傷口をあれこれいじることもなくなる。われわれは同時に、付帯脳が簡潔かつ論理的に表現したことを考えた。

〈時空エンジニアに対しては用心することだ。深淵の騎士三名のかわりに、精神科医を数名、深淵に送りこめばよかった！〉

ヴロトとカルトのからだが興奮と怒りに震える。二名はしばらく無言だったが、やがて大気工場のテクノトールが口を切った。

「これで、すべて明らかだろう。われわれ、非常に気にかかっていることを話した。グレイ作用は休みなくひろがりつづけ、まもなくすべてが終わるだろう。そうなれば、あなたたちの知識も用なしだ、深淵の騎士！」

「グレイ作用を追いはらうために力を貸そう」わたしは応じた。いま聞いた話に、まだ意識が混乱している。「そのためには、早く目的地ヴァジェンダに到着しなくては。ヴァジェンダの状況について知っていることはあるか、ヴロトにカルト？」

「われわれの知識はもうなんの意味もない」ヴロトが力なく応じる。「当時、時空エンジニアは狂気にまかせて、だれも入れないように進入路を封鎖した。かれら自身にも入れない。それが終わりのはじまりだったことは、あのときからわかっている！」

「待て！」テングリ・レトス＝テラクドシャンが口をさしはさむ。「辻褄《つじつま》の合わないところがある！」

サリクとわたしの視線が合う。この瞬間、われわれはレトスのいいたいことを理解した。

「聞こう！」ヴロトが小声でつぶやく。

「封鎖は完全ではないはずだ。わたしは時空エンジニアに呼ばれて深淵にきたのち、鋼の支配者としてスタルセンに行った。すくなくともその点できみたちは思い違いをしている！」

ヴロトは答えず、カルトがむっつりといった。

「サイバネティクスを先頭とするテクノトリウムの先遣隊が見えたぞ。同胞たちが工場の操作から正しい結論を導きだし、われわれを救うためにやってきた！」

わたしは外を見たが、なにも認識できない。ジャシェムの視覚器官はわれわれのよりすぐれているのだろう。

「もっと情報がほしい」と、たのむ。「光の地平の状況はどうだ？　ニー領の構造はどのようなものか？　ヴァジェンダでなにがあった？　ヴァジェンダはわれわれにとって重要だろう、カグラマス・ヴロト！」

「ニー領がわれわれになんの関係がある？　ヴァジェンダがどうした？　光の地平のことなど、ほうっておけ！」

これで、二名にとってこのテーマは終わった。クリオが、勇気づけるようにうなずくサリクを見て同じ質問をしても、やはり返事はなかった。ヴロトはカルトの横に行き、浮遊バスの操縦に余念がない。寡黙への逃避だ。ジャシェムの意志をくつがえらせることは、われわれにはできなかった。

わたしはあきらめのしぐさをして、うしろからついてくる浮遊バスを眺めた。駆除部隊もおそらく探知装置を使ってなにかを発見したのだろう。ティランの通信装置をオンにすると、大駆除者の声が聞こえてきた。

「……しかるべき戦力で、グレイのソルジャーの計画を適切につぶしてやろう！」

「まずはグレイ作用がなくなれば、わたしとしてはありがたいが」と、答える。「二、三度の戦闘では歯がたつまい。〝壁〟が通過可能であるかぎり、あらたな部隊が送られてくるのだから」

サイバーランドの外側領域を攻めるのが有意義だろう。グレイ生物の軍隊が〝壁〟を不安定化させるのに使っている装置が見つかる可能性があるからだ。だが、そのためには味方をふた手に分けなければならず、ジャシェムたちのところにもどるのがひと苦労になる。つまり、深淵の技術者が持つ方法で構造亀裂をふさぐ可能性に望みをかけるしかあるまい。

いまや、先頭のサイバネティクスがはるか前方に見えてきた。上空に飛翔装置の暗い影をしたがえて、幅ひろい前線で向かってくる。

「準備してくれ」と、カグラマス・ヴロト。「まもなくテクノトリウムを目前にすることになる！」

＊

サイバネティク装置の大規模な集合体は、空の一部をすっかりおおっていた。サイバーモジュールからなる地面の上を、兵士のような姿が大群をなして前進してくる。

「なかなかの歓迎委員会だ」ソクラテスの声がとどろく。作業アームで胸をたたいたので、ものすごい音がした。三個の目が外の一部始終を観察し、まんなかの黄色い目がぎらりと光る。深淵の息吹を体内にとりいれたと主張するハルト人は、そのとき弾かれたように振り向いた。

「わが計画脳によると、かれらははさみ撃ち作戦を実施するつもりだ。気をつけなくては！」

「サイバネティクスが？」サリクが訊きかえす。「それはないだろう。われわれがグレイ生物に属さないことを知っているはずだ。あの行動は、幅ひろい前線を形成してソルジャーの侵入を防げという任務を受けているからではないだろうか！」

われわれは地上すれすれの低空を進んでいた。飛行サイバネティクスの群れで上空が暗くかげる。それらが浮遊バスに到達した。

「着陸するべきだ」カルトの声が響く。「まずはここにとどまって、テクノトールたちがあらわれるのを待つのがよかろう！」

「飛行をつづける」わたしは決断した。「われわれの時間は貴重だ」

カルトは指示にしたがったものの、すぐに操縦をヴロトにゆだねてサイリンに近づいた。

ているとか？」

「なにか不備があるのか？」レトスがきつい口調で訊く。「ソクラテスの推測が当たっ

返答のかわりに、エネルギー・ビームが音をたてた。上から発射されて浮遊バスをななめにかすめ、地面に当たる。膨大なエネルギーが放出されたらしく、浮遊バスはわきにそれて地面に接近した。

「これで明らかだ」サリクがきっぱりといった。「要求に応じよう！」

ほかの浮遊バスも威嚇射撃に見舞われ、やがてエンジンの一部が燃えあがった。

わたしはひと跳びでヴロトの横に達した。かれが操縦をやめたため、浮遊バスは地面に墜落。サイバネティク・マシンを押し分けながら百メートル進んで、やっととまった。

「どういうことだ？」わたしはテクノトールにどなりつけた。「説明しろ！」

背後で鋭い音がして、乗員用キャビンとエンジン・セクターをへだてる壁が崩れ落ちる。黒い煙が流れこんできたので、われわれはすばやく防護服のヘルメットを閉じた。

ヴロトとカルトだけが、たちこめる煙に無防備でさらされている。

ドアがスライドし、ジャシェム二名がそれまで見たことのないすばやさで移動していく。ドアを滑りでて、あっという間に浮遊バスの横に姿を消した。

「ドモ！」わたしが呼びかけて合図すると、オービターはせまい出口にからだを押しこんで機を降り、追跡をはじめた。かれが横を走ると、機内はがたがたと揺れた。

われわれが外に出ると、周囲はカオスと化していた。もうもうたる煙のあいだから、攻撃してくるマシンに必死で抵抗する駆除部隊が見える。地面もいきなり敵と化し、深淵警察の数名がのみこまれ、はげしい抵抗のすえにやっと姿をあらわした。

わたしはティランの飛翔装置をオンにして上昇する。たちまちサーモ・ビームが飛行軌道を追ってきたが、かまってはいられない。テラの豚に似たサイバネティクスの大群のなかに、ヴロトとカルトの姿が見える。身動きできないらしく、大声で助けをもとめている。

わたしはティランの武器を送りだした。武器はサイバネティクスの列をいくつか倒して、ジャシェム二名への道をつくる。

「どういうことだ?」スピーカーに向かってどなりつける。

「〝かれ〟は知らない」カルトががなりたてた。「わけがわからない。サイバネティクスが攻撃してくるとは!」

視野のすみに、わたしを追ってくるドモ・ソクラトの姿が見えた。アームを掘削機に変形させて、じゃまになるものすべてを大きな弧を描いて投げ飛ばしていく。ジャシェム二名の周囲にかなりの空間ができた。サイバネティクスはつかのま、自分の世話で手いっぱいになり、それからやっと隊形を再編した。

「こいつらをとめろ!」わたしが要求すると、自分たちにはできないと、ヴロトが説明した。

「サイバネティクスに思考命令を送ってやめさせようとしているんだが、どうにもならん。もっと強い力が妨げている」

「どんな力だ？」

ヴロトは答えられない。だが、考えていることは察しがつく。

〈グレイ作用がすでにテクノトリウムに侵入したとしか考えられない〉付帯脳が告げた。〈つまり、サイバーランドは失われた！〉

わたしはショックが大きすぎて、数秒間、麻痺状態におちいった。そのあいだにサイバネティクスにふたたびとりかこまれる。捕獲されなかったのは、ひとえに防御バリアのおかげだ。そのとき、サイバネティクス数体がちいさな漏斗《ろうと》を形成してティランに向けるのが見えた。

ティランがエネルギー損失を伝えてくる。

わたしは発進してななめに急上昇した。上方から飛行サイバネティクスの一団が下降してくる。緻密な絨毯を形成し、貫通不能だ。

〈つむじ風！〉思考で強く呼びかける。〈どこにいる？　ここから連れだしてくれ！〉

アバカーからは返事がない。かわりに、すぐ横にいきなりレトスの姿があらわれ、わたしの速度に適応した。つかのま不可視の状態だったらしい。

「サリクがいなくなった」かれが伝えてきた。「どこにも見つからない！」

周囲を見まわすと、クリオの姿が目にとまった。サイバネティクスにとりかこまれているが、かれらは礼儀正しく距離をおき、彼女に自由に動く余地をあたえている。ソクラテスはマシンの群れにはさみこまれ、もはや身動きがとれない。上方に緻密な金属ネットができ、全重量でわれわれを地面に押しやった。防御バリアに触れて金属が飛散するが、われわれはどうすることもできない。

「抵抗しても意味がない」わたしは認識する。「ここからは逃れられない。ティランを失いたくなければ、抵抗をやめたほうがいい」

着地して防御バリアをオフにすると、たちまち包囲され、連行された。サイバネティクスは、空間を形成してわれわれを一カ所にまとめた。駆除部隊も見える。かれらをとらえる金属テープが、装甲服の周囲に蛇のようにくねくねと動く。ドモ・ソクラトも縛られたほか、ジャシェム二名もサイバネティクスに捕獲されたので、わたしは不安になった。

われわれもそこに連行され、拘束された。

「われわれに敵対する陰謀だ」わたしはいった。「ヴロトにカルト、われわれを解放させろ。サイバネティクスについては熟知しているはず。それとも、きみたちもグレイ生物になったのか？」

いまこうして時間ができてみると、頭にまったく圧迫を感じないことがわかった。「グレイ生物のせいではない」カルトが応じる。「サイバネティクスは正常だ。だが、命令を受けつけない。われわれ、絶望している！」

「やつらはだれの命令で動いている？」わたしは食いさがった。「どの勢力だ？」

ジャシェムは答えない。ほんとうに知らないのか、ショックで口がきけないのか、どちらかだろう。

サイバネティクスの大群は、われわれを連れてゆっくりと動きはじめた。Uターンして、われわれが向かっていた方向に進んでいく。浮遊バスの残骸は平原にのこされた。テクノトリウムに向かっているのは、すくなくともちいさな成果だ。ほかのジャシェムたちにこれから直面することになる。予測とは異なるが、いったいなにが起こるのか？

サリクとボンシンがまだ見あたらない。捕虜のなかにはいない。戦闘の混乱で命を落とす前に逃げおおせたことを願うばかりだ。

〈それはどうかな、アルコン人。サリクが死んだとすると、おそらく細胞活性装置もやられたことになる。そのさい、どのような現象が起こるか、おぼえているか？〉

おぼえている。はるか昔のこと……永遠の時がたった気がする。あのときからいままでのあいだに、ほんとうに二千年しか経過していないのか？

ジェン・サリクは、サイバネティクスの大群のなかにアバカーを見つけた。武器を持たないボンシンは、ポジションを次々とうつすことで奮闘している。だが、いつまでもつづけるわけにはいくまい。いつかは力つきて意識を失うだろう。かれの力は、いずれおおいに利用できるだろうに。

＊

「つむじ風！」

瞬時にしてアバカーの子供が横にあらわれ、大きく純真な目でサリクを見た。

「騎士サリク、モジュール相手にゲームをしかけようか？」澄んだ声で呼びかける。サリクの思考を読むと、腕をつかんでテレポーテーションした。あらわれたのはサイバネティクスの大群のべつの場所で、すこし余裕がある。サリクは、どうすればうまく窮地から抜けられるかと考えた。戦闘能力では駆除部隊が優位にあることに望みをかけていたが、思い違いだとわかった。サイバネティクスのほうが敏捷でつかみどころがないのだ。分解しては、またあらたな結合体を形成する。深淵警察のまわりを球でかこみ、動きをとれなくさせていた。笏を使って自由をとりもどしたのは少数のみだった。

目の前にヴェールが見えたとき、サリクは目を細めた。周囲は白みがかり、ぼやけていく。一瞬、サイバネティクスの武器かと思ったが、物体の輪郭を見てすぐに思いだした。顔の直前に実体化したのは、靴箱くらいの大きさで漆黒の輝きを持つ物体だ。

〈深淵の騎士よ、時間をむだにするな！〉テレパシーの声が心中に響く。

「ホルトの聖櫃！」サリクは叫んだ。どうやってジャシェム帝国に到達したのか、不思議だった。

〈質問はなし〉聖櫃がつづける。〈答えるのはあとでもできる。わたしのいうとおりにするのだ！〉

「なんだ？」

〈ついてこい！　わたしのプシ・シュプールをつむじ風に追わせろ。もよりのヴァイタル・エネルギー貯蔵庫に案内する。そこですべて説明しよう！〉

「われらの友をここで見捨てるわけにはいかない！」

〈かれらを救うことはできない、サリク。だから、いうとおりにしてくれ！〉

漆黒の箱は消えた。テラナーは、アバカーの腕をしっかりとつかむ。

「感じられるかい？」かれは早口にたずねた。「プシ・シュプールを追えるか？」

テレパス兼テレポーターはうなずいて目を閉じる。周囲にそびえるサイバネティクスの光景がぼやけ、やがて完全に消えた。

ボンシンとサリクは、ホルトの聖櫃の呼び声を追っていく。なにに巻きこまれたのかも知らずに。

テレポーテーションの瞬間、かれらはべつの連続体のなかにふたりきりでいた。心にあるのは希望のみ。それは、かれらを見捨てなかった。

あとがきにかえて

シドラ房子

パンデミックのせいで世界の航空交通の八十パーセントがストップし、国境が閉ざされて厳しく監視され、娯楽施設はもとより飲食店そのほか全店舗が休業して、用がないかぎり外出を禁止され……出歩けば警察官のとりしまりを受ける……半年前に聞いたら、SFとしか思えなかっただろう。

都市封鎖された武漢市の光景が報道され、信じられない思いで毎日見ていたら、いきなりイタリア北部でクラスターが発生した。驚異的な速さで感染が拡大し、死者が急増していく。武漢はほとんど地球の反対側の出来ごとだったが、イタリアというとわたしの住んでいるスイスの隣国だし、問題の地域ロンバルディアはスイスに接している。しかもスイス南部のティチーノ州はイタリア語圏であり、毎日六万人以上のイタリア人が通勤してきて、国境はないに等しい。危惧はあっという間に現実になり、ティチーノで感染が急増した。ヨーロッパ各国政府が緊急対策をとりはじめたのはこのころで、二〇二〇年三月はじめ、徐々に国境が閉鎖されていった。

三月七日（土）、わたしは〝金のト音記号賞（スイス民族音楽のアカデミー賞のようなもの）〟協会の総会に出かけた。ふつうはメンバー二百名以上が出席するのに、この日は八十名程度。この時点では、百人以上の集会は禁止されており、不安をいだく人がかなりいたのだろう。予算やイベント等の報告があったのち、二〇二〇年の金のト音記号賞受賞者が発表された。スイス民族音楽界で幅広く活躍する人を毎年一名選出して授ける賞で、今年の受賞者はレネ・ヴィッキ……かつてうちのすぐ近所でレストランも経営していた、ミュージシャン兼音楽プロデューサー。知っている人なのでうれしかった。総会につづいて夕食会……とてもいい雰囲気だったが、握手や挨拶のチークキスをしないようにという奨励が徹底して守られた。

十日（火）は前から約束があったので、友人とからっぽのレストランで食事し、十一日（水）には、鼓童のコンサートを聴きに、ツーク市のカジノ・ホールに行った。六百席以上のホールなので、どうして挙行されたのかわからないが、いずれにせよすばらしいパフォーマンスだった。十二日（木）、ツーク市立図書館で予定されていた、オイゲン・ルーゲという作家の朗読会はキャンセルになり、十三日（金）の夜には画家の友人が開催する展覧会のオープニングに出かけた。車で片道一時間二十分かけて行ったのに、結局オープニングはキャンセルになっていた。いあわせたのは関係者ばかりだったが、絵はすべて展示してあったし、友人ともゆっくり話せて、かえって得した気分になった。このあと、わたしの社会生活はいきなりゼロになる。

ドイツの一部とオーストリアがロックダウンに入り、スイスもいつそうなるかわからない。しばらく前からプリンタの調子が悪かったので、十六日（月）にあわてて購入した。間一髪だった。その日の午後三時、翌十七日から食料品店と薬局以外の全店舗とレストラン、全娯楽施設は閉鎖されると発表された。

こうしてどこもかしこもゴーストタウンと化した。イタリアやフランスのように外出を全面的に禁止されたわけではないが、感染を避けるにはとにかく家を出ないこと……と専門家が口をそろえていうので、みんな自主的に外出をひかえたのだろう。スイスでは六人以上が集まるのは禁止され、違反して見つかった場合にはひとりあたり百フランの罰金が科された。オーストリアでは、いっしょに住んでいない人どうしが会うのは禁止で、ふたり以上で外出すれば、警察に証明書や鍵を見せて同居者であることをしめさなければならない。国境にはフェンスが置かれ、通勤以外の越境はもはやできなくなった。こうして、過去の遺物であったはずの〝鉄のカーテン〟が再現した。

このあいだに、イタリアにつづいてスペイン、フランスでもコロナウィルス感染者や、COVID‐19による死亡者が急増し、医療設備が不足するという悲惨な状況になった。

イタリアでは、五十歳の患者の命を救うために、八十歳の患者から人工呼吸器をはずさなければならない……という状況にすらおちいった。なんて恐ろしい決断だろう。ドイツやスイスでは、重症患者の激増にそなえて医療設備をととのえることに全力が注がれた。知り合いの勤める某コーヒーメーカー製造社は、急遽、人工呼吸器の製造に切りかえたという。恐ろしいことだった。なにしろ、医療設備が不足したらどの患者を優先させるべきか……つまり、だれを見捨てるか……といった議論が毎日おこなわれていたのだから。

ドイツ公共放送ZDFのニュースでは、「ロックダウンを実施するのは、感染拡大の速度を落とすため。設備がたりなくなって最良の治療を受けられない患者がでないように」と、くりかえされた。

厳しい措置が功を奏し、感染者の爆発的拡大は防がれた。六〜八週間後、ドイツでは人工呼吸器を装備したCOVID‐19患者の集中医療用ベッドのうち、使用されたのは六パーセントにすぎなかった。スイスでは、緊急事態にそなえて、兵役で救急医療の訓練を受けた人たちをショートメッセージで招集したところ、二十四時間以内に八百名が駆けつけた。結局、最悪のシナリオとして想定された事態にはならなかったので、集まった計三千名強の補助要員は数週間後に通常の勤務にもどることになる。

ヨーロッパ諸国が軒並みロックダウンに入ったころ、だれもが日本の状況を気にかけていた。日本政府はオリンピックが中止または延期になることを恐れて、感染者・死者数をかくしているのではないか、という噂が流れていたのだ。人からそういわれて、「まさか。そんなことできないでしょ。だって国際社会に対して嘘をつくことになるんだから」と答えたら、それについての新聞記事がメールで送られてきた。実際にヨーロッパのマスメディアではそのように報道されていた。

日本を嘘つき呼ばわりするなんて……と腹をたてることもできるが、わたしは生活習慣の違いによるものが大きいと思う。欧米の生活では、接触の度合いが非常に高い。直接的なコミュニケーションでは、握手しないことはまずない。病院に診察を受けに行っても、まずは医者と握手をする。親しい人どうしの挨拶は、西欧では一般的にチークキス。東欧のルーマニアやブルガリアではハグ……つまり心のこもった抱擁がふつうで、東欧のイベントで出会った知人とは、チークキスでは心がこもらない気がして、やはりハグになる。ラテンアメリカもそうだ。コロナ対策として、まず握手やチークキスをひかえるようにとすすめられたが、これが徹底するまでに数週間かかったのではないだろうか。三月はじめ、すでにウィルスがヨーロッパ諸国に広まっていたころ、「ソーシャル・ディスタンシングがだいじだから」といって最初の挨拶は抜きにしても、いろいろおしゃべりをしたあとで別れるときには、チークキスか、非常事態だからこそ、もっと心のこもったハグになるのがふつうだった。これが徹底的に変わったのは、ロックダウンに入ってからだ。

個人的には、すくなくともスイスやドイツでは、ロックダウンは必要なかったかもしれないと考えている。日本の日常生活のように握手やハグをせず、マスクを使用して社会的距離をたもつことで、大きな予防効果があらわれたのではないか、と。ただし、ロックダウンがあったからこそ、西欧における基本的生活態度が変わった。この新しい習慣は、今後も長くつづくかもしれない。

そのほか、日本では食品を手で触れる機会が欧米とくらべてずっとすくないように思う。パンは手で食べるが、箸またはフォークとナイフを使えば、手で食品に触れることはほとんどない。ヨーロッパでは、オードブルとかチーズとか、けっこうなんでも手でつまんで口に入れる。一般的な日本人は「野蛮だなぁ」と感じるかもしれない。アペリティフのつまみにチーズやハムの盛り合わせを出すと、日本人のお客さんはかならず爪楊枝やフォークを使うのに、スイス人は面倒なのか、そういう習慣がないのか、ほとんどみんな手でじかにつまむ。コロナ時代には、こうした違いも大きいかもしれない。

わたしは〝NANO〟というドイツ語圏共通の公共放送3satの科学情報番組が好きで毎日見ているのだが、五月はじめに報道されたドキュメンタリーにはっとした。わたしにとって新しい情報だったからだ。米国防総省の人工衛星の映像が、二〇一九年十一月に武漢市の病院内および周辺に異常に活発な活動があることをキャッチしたという。専門家は、大規模な伝染病が発生しているのではないかと推測したが、中国から情報は得られず、中国との空路を断つこともなかった。この時点で手を打てなかったのはほんとうに残念だ。どの国も世界全体を考慮して、情報をオープンに分かち合うようになってほしい。

難しい問題はいろいろとある。コロナウィルスに感染して亡くなる方はいまもいるのに、いくつもの都市でデモが発生している。個人の自由を奪うのは独裁制だと反対するものや、陰謀論を唱えるものもある。コロナは予防接種とか5Gとかを市民に強制するための陰謀だというものだ。

正常化に向かっているとはいえ、コンサートなどのカルチャー・イベントがないのはさびしい。千人以上の大きなイベントは八月末まで中止となっている……いまのところは。早くワクチンが開発されればいいけれど……ロックダウンの緩和にともなって第二波がくれば……。

各国が国境を開くのはいつになるのか。ドイツ語圏の三国……ドイツ、スイス、オーストリアで人の行き来が自由になるのは、今後感染者数が急増しなければ六月上旬。イタリアなど感染者数の多い国は、まだ先になる。それにしても、観光業やイベント企画などの業界は、今後どうなるのか。オリンピック延期により生じる莫大な費用はどうなるのか。それと、わたしの気になるのは、日本が入国制限を解くのはいつかということ。いつでも自由に帰国できるようにならないかぎり、わたしにとって非常事態はつづく。

訳者略歴　武蔵野音楽大学卒，独文学翻訳家　訳書『ツーノーザー救出作戦』フランシス＆エーヴェルス，『セト＝アポフィスの覚醒』マール（以上早川書房刊），『狼の群れはなぜ真剣に遊ぶのか』ラディンガー他多数

HM=Hayakawa Mystery
SF=Science Fiction
JA=Japanese Author
NV=Novel
NF=Nonfiction
FT=Fantasy

宇宙英雄ローダン・シリーズ〈619〉

大気工場《たいきこうじょう》の反乱《はんらん》

〈SF2285〉

二〇二〇年六月　二十日　印刷
二〇二〇年六月二十五日　発行

（定価はカバーに表示してあります）

著者　H・G・エーヴェルス
　　　アルント・エルマー
訳者　シドラ房子《ふさこ》
発行者　早川浩
発行所　株式会社早川書房

郵便番号　一〇一 - 〇〇四六
東京都千代田区神田多町二ノ二
電話　〇三 - 三二五二 - 三一一一
振替　〇〇一六〇 - 三 - 四七七九九
https://www.hayakawa-online.co.jp

乱丁・落丁本は小社制作部宛お送り下さい。
送料小社負担にてお取りかえいたします。

印刷・信毎書籍印刷株式会社　製本・株式会社川島製本所
Printed and bound in Japan
ISBN978-4-15-012285-0 C0197